Stephan Beissel

Fra Giovanni Angelico da Fiesole

sein Leben und seine Werke

Stephan Beissel

Fra Giovanni Angelico da Fiesole
sein Leben und seine Werke

ISBN/EAN: 9783743633872

Hergestellt in Europa, USA, Kanada, Australien, Japan

Cover: Foto ©Raphael Reischuk / pixelio.de

Weitere Bücher finden Sie auf **www.hansebooks.com**

KRÖNUNG MARIÄ.

IN DER GALERIE DER UFFIZIEN ZU FLORENZ.

FRA GIOVANNI ANGELICO

DA FIESOLE.

SEIN LEBEN UND SEINE WERKE.

VON

STEPHAN BEISSEL S. J.

MIT VIER TAFELN UND 40 ABBILDUNGEN IM TEXT.

FREIBURG IM BREISGAU.
HERDER'SCHE VERLAGSHANDLUNG.
1895.
ZWEIGNIEDERLASSUNGEN in WIEN, STRASSBURG, MÜNCHEN und ST. LOUIS, Mo.

Vorwort.

AUS seiner Zeit heraus soll jedes Ereigniss erklärt und gewürdigt, nach seinem innern Gehalt jeder Mensch beurtheilt werden. Eines Künstlers Werke wird also nur jener wirklich verstehen und nach Gebühr schätzen, der dessen Zeit und dessen Gemüth kennt. Gilt das allgemein, so muss es besonders auf Fra Angelico Anwendung finden, der wie kaum ein anderer bei seinen Arbeiten aus dem reichen Born seiner schönen Seele schöpfte. Bei Behandlung seines Lebens und seiner Werke musste darum tiefer eingegangen werden auf die religiösen Anschauungen, die ihn beseelten und begeisterten, auf den ascetischen Bildungsgang, der ihn zu seiner Höhe führte. Die äussern Einflüsse und Geschicke, die technische Seite seiner Kunst waren natürlich auch eingehend zu schildern.

Weil aber bei diesem Künstler das subjective Element das Wichtigste bleibt, schien es rathsam, nicht nur alle alten Quellen, sondern auch möglichst viele neuere Bearbeiter seines Lebens zu Rathe zu ziehen und zu Wort kommen zu lassen. Die Zeugen gehören den verschiedensten Richtungen an; jeder redet, wie das nicht anders sein kann, von seinem Standpunkte aus. Trotzdem stimmen sie im ganzen und grossen überein und liefern so den Beweis, dass denn doch die Ideale der christlichen Vollkommenheit den Fra Giovanni so hoch emporhoben.

So möge diese Lebensbeschreibung christlichen Künstlern und Kunstfreunden den Weg zeigen, auf dem allein aus dem Wirrwarr herauszukommen ist, der das Kunstgebiet in unsern Tagen erfüllt hat, auf dem allein neue, echt christliche Meisterwerke entstehen und nach Gebühr gewürdigt werden können.

Inhaltsverzeichniss.

Verzeichniss der Abbildungen.

Titelbild: Krönung Mariä (Uffizien). Zu S. 69.

Literatur.

Acta Sanctorum 10. Iun. II (editio nova. Paris. et Rom. Palmé, 1867), p. 388 sq.: De b. Ioanne Dominici dicto, archiepiscopo Ragusino.

Arundel Society. London. Sie gab in herrlichen Farbendrucken oder Stichen heraus: die Verkündigung, die Verklärung und Erscheinung des Erstandenen aus S. Marco, eine angebliche Miniatur des Fra Angelico und die meisten Bilder der Kapelle Nikolaus' V. im Vatican.

Baldinucci, Notizie de' professori del disegno da Cimabue in quà. Ediz. accrese. di annotazioni da D. M. Manni. Firenze 1767 sg.

Bilderschatz, Klassischer. München 1889 ff.

Cartier, Vie de Fra Angelico da Fiesole. Paris 1858.

Crowe und *Cavalcaselle*, Geschichte der italienischen Malerei. Deutsche Original-Ausgabe, besorgt von Dr. Max Jordan. Leipzig, Hirzel, 1869.

Detzel, Ikonographie. I. Bd. Freiburg, Herder, 1894.

Förster, Denkmale italienischer Malerei. Leipzig, Weigel, 1870.

— Geschichte der italienischen Kunst. Leipzig, Weigel, 1872.

— Leben und Werke des Fra Giovanni Angelico da Fiesole. Regensburg, Manz, 1859.

Frantz, Geschichte der christlichen Malerei. II. Th. Freiburg, Herder, 1894, 259 ff.

— Fra Bartolommeo della Porta. Regensburg 1879.

Galleria dell' I. e R. Accademia delle Belle Arti di Firenze descritta da Vinc. Marchese. Firenze 1843.

Giangiacomo, Fr., Le pitture della Cappella di Nicolò V. Opere del Beato Giovanni Angelico da Fiesole esistenti nel Vaticano. Designate ed incise a contorni in 16 rami. Roma 1810.

Jameson, The History of Our Lord. London 1864.

Jessen, Die Darstellung des Weltgerichts. Berlin, Weidmann, 1853.

Kellerhoven, Chefs-d'œuvre des grands maîtres avec un texte de Michiels. Paris 1869.

Kinkel, Kunst und Künstler am päpstlichen Hofe in der Zeit der Frührenaissance. Augsburger Allgem. Zeitung 1879, Beilage 262 f.

Lanzi, Storia pittorica dell' Italia dal risorgimento delle belle arti fin presso al fine del XVIII⁰ secolo. Firenze 1845.

— Geschichte der Malerei in Italien. Uebersetzt von Quandt. Leipzig, Barth, 1830.

Luzzi, Il duomo d' Orvieto descritto ed illustrato. Firenze, Le Monnier, 1866.

Mautz, Les chefs-d'œuvre de la peinture italienne. Paris, Didot, 1870.

Marchese, Vinc., O. Pr., Memorie dei più insigni pittori, scultori e architetti domenicani. Firenze, Parenti, 1845; 2ª ed. Firenze, Le Monnier, 1854; 4ª ed. Bologna, 1878 sg.

— S. Marco, convento de'padri predicatori in Firenze, illustrato e inciso nei dipinti del B. Giovanni Angelico, con la vita dello stesso pittore. Con 40 tavole. Firenze, Passigli, 1863.

— Scritti varii. Firenze 1845. Sunto storico del convento di S. Marco di Firenze.

Montalembert, Du vandalisme et du catholicisme dans l'art.

Müntz, Les précurseurs de la Renaissance. Paris 1882.

— La collection des Medicis.

— Les arts à la cour des papes pendant le XV⁰ et le XVI⁰ siècles. Bibl. des écoles franç. d'Athènes et de Rome IV et IX. Paris, Thorin, 1878 et 1879.

LITERATUR.

Muther, Der Cicerone in der Kgl. Gemäldegalerie in Berlin. Berlin, Weidmann, 1883.

Nocchi, La vita di Gesù Cristo disegnata ed incisa. Firenze 1843. Mit 36 Stichen der Tafeln Fiesoles in der Akademie.

Pastor, Geschichte der Päpste. 2. Aufl. Freiburg, Herder, 1891 ff.

Phillimore, Fra Angelico. London 1881.

Reumont, A. v., Lorenzo de' Medici. 2. Aufl. Leipzig, Dunker, 1883.

— Briefe heiliger und gottesfürchtiger Italiener. Freiburg, Herder, 1877.

Revue de l'art chrétien. 5e Série (XLIV) VI. Lille, Desclée, 1895.

Richa, Notizie istoriche delle chiese florentine.

Rio, De l'art chrétien. 2e éd. Paris, Hachette, 1861.

Rosini, Storia della pittura italiana esposta coi monumenti. Pisa 1838 sg. 2¹ ed. Pisa 1848 sg.

Rösler, Cardinal Johannes Dominici O. Pr. Freiburg, Herder, 1893.

Rumohr, Italienische Forschungen. Berlin, Nicolai, 1827.

Schlegel, Mariä Krönung und die Wunder des hl. Dominicus von Johann von Fiesole in 15 Blättern gezeichnet von W. Ternite. Mit einer Nachricht vom Leben des Malers und Erklärung des Gemäldes von A. W. v. Schlegel. Paris 1817.

Seroux d'Agincourt, Histoire de l'art par les monuments. Paris, Trenttel et Würtz, 1823. Deutsche Ausgabe Frankfurt 1840, mit Text von F. v. Quast.

Vasari, Le vite de' più eccellenti pittori, scultori ed architetti con nuove annotazioni e commenti di Gaetano Milanesi. Firenze, Sansoni, 1878.

— Leben der ausgezeichnetsten Maler, Bildhauer und Baumeister von Cimabue bis zum Jahre 1567. Aus dem Italienischen von L. Schorn. Stuttgart, Cotta, 1837. II, 312 f.: Leben des Fra Angelico.

Waagen, Kunstwerke und Künstler in Paris. Berlin, Nicolai, 1839.

Woltmann und *Woermann*, Geschichte der Malerei. II. Leipzig, Seemann, 1882.

Zeitschrift für bildende Kunst, von Lützow. Leipzig, Seemann.

Bild 1. Perugia.

Erstes Kapitel.

Vorbildung und erste Werke für Cortona und Perugia (1387—1418).

REGES geistiges Leben herrschte beim Beginn des 15. Jahrhunderts im Dominikanerkloster zu Fiesole. Der selige Giovanni di Dominici Bacchini, der später Erzbischof von Ragusa und Cardinal wurde († 1419), hatte es 1406 gegründet, um die alte, vom hl. Dominicus im Orden eingeführte Strenge wiederherzustellen. Die Mitglieder seiner reformirten Häuser sollten, wie durch Wissenschaft und Predigt, so auch durch Kunstübung das Seelenheil ihrer Mitbrüder fördern. Aus Venedig verbannt, kam er 1399 nach Città di Castello bei Arezzo, von wo er nach Florenz berufen wurde, um während des Advents und während der Fastenzeit im Dome zu predigen. Ser Lapo Mazzei berichtete über eine der ersten dieser Predigten an einen seiner Freunde: „Ich war in Santa Liparata (dem Dome), wo ein ‚Bruder vom armen Leben des hl. Dominicus' predigen sollte und auch wirklich predigte. Und ich sage Euch, solch eine Rede habe ich noch nie gehört, noch solch einen Vortrag.... Alle weinten oder standen stumm vor Staunen beim Anhören der klaren Wahrheit. ... Er spricht von der heiligen Menschwerdung Gottes in einer Weise, dass er die Seelen aus dem lebendigen Leibe herauszieht und alle Welt ihm nachläuft.“ [1]

Die Sitten der Stadt besserten sich, und Dominicis Einfluss stieg von Tag zu Tag. Im Jahre 1405 schenkte ihm der Bischof von Fiesole einen Bauplatz für ein Kloster und eine Kirche. Alsogleich wurden die Bauten begonnen. Bereits 1406 bezog der eifrige Ordensmann mit 13 Genossen den neuen Convent. Zahlreiche talentvolle junge Leute meldeten sich zur Aufnahme. Schon im Jahre 1405 hatte der damals erst

---

[1] *Rösler* S. 47.

16 Jahre alte Antonin, der spätere heilige Bischof von Florenz († 1459), sich bei Dominici vorgestellt. Auf die Frage, was er studire, hatte der Jüngling sich als Freund des Kirchenrechtes bekannt. Er erhielt zur Antwort: „Wir nehmen nur solche Schüler des Kirchenrechtes in unsern Orden auf, welche das ganze Decretum auswendig wissen. Geh also, mein Sohn, und erlerne es. Dann kannst du getrost zu uns kommen."[1] Er ging, kehrte zurück und bestand die Prüfung. Dominici gab ihm das Ordenskleid und sandte ihn nach Cortona, wo der selige Lorenzo von Ripafratta seit etwa 1403 das Noviziat des reformirten Zweiges des Ordens leitete[2].

Im Jahre 1408 klopften zwei Brüder an die Pforte des Klosters von Fiesole und baten um Aufnahme. Der ältere, Guido (Guidolino), zählte 21, der jüngere erst 18 Jahre. Ihr Vater Pietro lebte in einer kleinen Ortschaft bei dem festen Schlosse Vicchio, zwischen Dicomano und Borgo San Lorenzo in der toskanischen Provinz Mugello, unweit von Giottos Geburtsort. Auch an sie wird die Frage ergangen sein, was sie gelernt hätten, auch sie wird man für ein Kloster der reformirten Dominikaner erst tauglich erachtet haben, nachdem sie ihr Talent dargethan hatten. Der ältere erwies sich tüchtig als Maler, der jüngere als Schreiber.

Dominici befand sich damals nicht mehr in Fiesole, weil er 1406 im Auftrage der Republik Florenz eine Sendung nach Rom übernommen hatte. In der ewigen Stadt schloss er sich enge an Gregor XII. an, von dem er am 12. Mai 1409 zum Cardinal ernannt wurde. Sein Stellvertreter

zu Fiesole nahm die beiden Bittsteller freundlich auf, gab ihnen das Ordenskleid und nannte den ältern Fra Giovanni (Petri del Mugello), den jüngern Bruder aber Fra Benedetto (Petri del Mugello). Dann sandte er sie ins Noviziat von Cortona, wo sie ein Jahr lang sich vorzüglich im Gebet und in strenger Busse zu üben hätten. Für dies Noviziat und die ganze Geistesrichtung des Fra Giovanni (Angelico) ist ein Ausspruch Dominicis massgebend:

„Den möchte ich (noch) nicht einen guten Novizen nennen, welcher stets mit niedergeschlagenen Augen einhergeht, eine lange Reihe von Psalmen hersagt, nie beim Gesange im Chore fehlt, das Stillschweigen beobachtet, den Frieden (mit den Mitbrüdern) liebt, gern in der Zelle bleibt, die Geisselung öfter vornimmt, häufiges Fasten übt, den Verkehr mit den Weltleuten gänzlich meidet und allen übrigen Uebungen der Ascese obliegt, die von den Anfängern für die Heiligkeit selbst gehalten werden. Nein, sondern dem allein gebe ich das Zeugniss eines guten Novizen, der vollkommen den rechtmässigen Willen seiner Vorgesetzten nach Kräften erfüllt." Rösler bemerkt hierzu:

„Gänzliche Losschälung von der Welt und von sich selbst bis zur tiefsten Demuth, genaue Erfüllung der Regelvorschriften, thatkräftige Liebe zu Gott und zum Nächsten unter beständigem Hinblick auf das Vorbild Jesu, lebhaftes Verlangen nach der Vereinigung mit Christus, das sind die Grundpfeiler des vollkommenen Lebens nach Dominici."[1]

Diesen Grundsätzen entsprechend ward Fra Giovanni del Mugello mit seinem Bruder angehalten, nach den Idealen höherer Sittlichkeit

---

[1] Acta SS. 2. Mai., I, 320 sq., Note f (Neue Ausgabe).

[2] Der hl. Antonin lobte ihn in einem Briefe vom 1. October 1456 als heiligmässigen Ordensmann (P. Domenico Maccaroni, Vita di S. Antonio [Venezia 1706] p. 326).

[1] Rösler S. 5. 32. De Rubeis, De rebus congregationis s. t. B. Iacobi Salomonii, in provincia s. Dominici Venetiarum erectae, ordinis praedicatorum, commentarius historicus (Venetiis 1751) p. 56 sq.

zu streben in Selbstbeherrschung und aus Liebe zu Christus. Dass alles das, was er im Noviziat lernte, für sein ganzes Leben ihm Richtschnur blieb, dass er also diese erste Schule klösterlicher Erziehung mit Erfolg durchmachte, beweist sein ganzes späteres Wirken. Wie selbst den ehrwürdigen Greis noch die kindliche Einfalt eines Novizen zierte, erhellt aus einer hübschen, uns von Vasari aufbewahrten Anekdote. Papst Nikolaus V. schätzte den Fra Giovanni hoch. Einst fand er ihn bei der Arbeit erschöpft und bot ihm darum zur Stärkung eine Fleischspeise an. Das geschah nun aber an einem Tage, an dem die Dominikaner der strengern Richtung kein Fleisch assen. Der Maler lehnte dankend ab, weil er nach seiner Regel nicht ohne Erlaubniss des Priors solche Speisen nehmen dürfe. Er dachte nicht daran, dass dies Anerbieten eines Papstes die Erlaubniss von seiten der höchsten Autorität einschloss, die ausdrückliche Gutheissung seines Priors also überflüssig machte. Die Geschichte zeugt jedenfalls für die strenge Gewissenhaftigkeit des Fra Giovanni. Ein weiterer Beweis liegt in einer andern Aeusserung Vasaris: „Niemals ward er unter seinen Ordensbrüdern zornig gesehen. ... Mit grösstem Wohlwollen sagte er jedem, der ein Werk von ihm wünschte, er solle nur den Prior darüber zufriedenstellen, dann werde er es sicher nicht an sich fehlen lassen." Nur mit Erlaubniss seiner Obern arbeitete und handelte er also. Alles, was man ihm gab, gelangte in die Hände seiner Vorgesetzten. Diese strenge ascetische Schulung des Fra Giovanni darf man nie aus den Augen verlieren. Erst sie setzt in den Stand, seine Werke recht zu verstehen und zu schätzen. Angeborene Gutmüthigkeit oder eine mystische Richtung der Zeit genügen nicht zu Erklärung der malerischen Auffassung unseres Meisters. „Ohne Dominici kein San Domenico bei Fiesole, und ohne dieses

schwerlich ein San Marco in Florenz" [1], schwerlich ein Fra Angelico.

Nach Ablauf eines Jahres legten die beiden Brüder zu Cortona ihre feierlichen, ewig verbindlichen Ordensgelübde ab und kehrten für eine Zeitlang nach Fiesole zurück (1408). Aber bereits im Jahre 1409 mussten sie mit all ihren Ordensmitgliedern dies schön gelegene Haus verlassen, weil sie mit dem seligen Dominici und den von ihm geleiteten Ordensgenossen sich weigerten, dem soeben vom Concil von Pisa uncanonisch gewählten Papst Alexander V. zu huldigen. Sie wollten Gregor XII., dem rechtmässigen Oberhaupte der Kirche, treu bleiben, zu dem sie gegen Benedikt XIII. (Peter de Luna) gehalten hatten. Der Bischof von Fiesole, ein Mitglied und Vertreter des Pisaner Concils, zwang sie zur Auswanderung und zog ihre Güter an sich. Die meisten Glieder des Hauses von Fiesole fanden Aufnahme im Dominikanerkloster zu Foligno. Bis 1414 blieben sie dort. Dann zwang die Pest sie, abermals weiter zu ziehen und nach Cortona überzusiedeln. Vielleicht waren aber die Gebrüder Petri del Mugello schon bald nach ihrer Gelübdeablegung nach Cortona zurückgegangen, um dort mit andern jüngern Leuten, also auch mit Fra Antonin, Philosophie und Theologie zu studiren und sich auf den Empfang der Priesterweihe vorzubereiten. Sicheres ist über ihren damaligen Aufenthalt nicht bekannt; wahrscheinlich weilten sie mit kurzen Unterbrechungen volle elf Jahre, 1407—1418, in Cortona.

Fra Benedetto ging tiefer ein in die Philosophie und Theologie. Er konnte darum später lange Zeit Subprior in Florenz werden, was nach den Ordensgesetzen nur guten Theologen und Predigern möglich war. Seinem ältern Bruder Gio-

[1] *Rösler* S. 63.

vanni dagegen liessen die Obern nicht lange in den Studien. Sein ausgesprochenes Talent bewog sie, ihn schon nach kurzer Vorbereitung zum Priesterstand zuzulassen und ihn ganz der Kunstübung zu weihen. Das geschah um so leichter, weil Dominici selbst ein grosser Freund der Malerei war. Seine Briefe belehren uns, dass er nicht nur selbst schöne Bücher schrieb und sie mit Initialen verzierte, sondern auch die Dominikanerinnen des Klosters Corpus Christi zu Venedig aufforderte, Handschriften anzufertigen und auszumalen. Ihm galten alle Wissenschaften und Künste als werthvolle Mittel, die Wahrheit zu erforschen und zu verbreiten. Mit dem Pinsel sollte Fra Angelico predigen, wie andere Ordensgenossen mit der Feder oder auf dem Katheder und auf der Kanzel es thaten.

Die Verbannung aus Florenz war eine Fügung der gütigen Vorsehung. Wer weiss, ob der junge Ordensmann seine tiefernste, fromme Richtung so entschieden festgehalten und entwickelt hätte, wenn er in Mitte des neuen Zielen zustrebenden Kunstlebens der Arnostadt geblieben wäre. Das Exil brachte ihn in conservativere und religiösere Kreise: wohnte er doch jetzt zwischen Siena und Assisi, nur etwa 60 km von beiden entfernt. Der Weg nach Assisi aber führte über Perugia. Ein Besuch dieser Orte war um so leichter, weil dieselben bedeutende Klöster seines Ordens besassen. Wie gerne ging er nach Siena, dessen Kirchen und öffentliche Gebäude damals gefüllt waren von den lieblichen Gebilden der dortigen Malerschule. Schon in den Stadtthoren begrüssten sinnige Fresken den nahenden Ordensmann. Wer war mehr in der rechten Stimmung, um jene gewaltige, „grossäugige" Madonna nicht nur zu betrachten, sondern zu verehren, welche man vor etwa hundert Jahren (1310) in feierlichster Procession zum Dom gebracht hatte und die seitdem auf dem Hochaltar prangte? In diesem gewaltigen, jetzt aus der Kathedrale leider in die „Opera del duomo" verbannten Tafelgemälde hatte Duccio gleichsam die Erfolge der frühern byzantinischen und italienischen Miniatoren und Maler zusammengefasst. Auf der vordern Seite thront Maria mit ihrem Kinde zwischen zwanzig Engeln und zehn Heiligen. Aus den Nischen der jetzt oben auf die Tafel gestellten Predella aber schauen die Halbfiguren der Apostel[1]. Die Rückwand der Tafel zeigt 26 Scenen aus der Geschichte des Leidens und der Auferstehung Christi, zu denen in der Predella noch 18 Scenen aus der Geschichte Christi und seiner Mutter hinzutreten. Bleibt auch in vielen Figuren und Scenen eine Anlehnung an griechische Vorbilder unverkennbar, so ist doch alles frei behandelt, sozusagen italianisirt. Die acht unmittelbar um den Thron stehenden Engel stützen sich gemüthlich auf dessen Lehne und schauen vertraulich auf das göttliche Kind, den Mittelpunkt des Ganzen. Sie sind nicht wie in den byzantinischen Gemälden feierliche, ehrfurchtsvolle Thronassistenten, sondern Freunde und Vertraute des Herrn und seiner Mutter.

Für Fra Giovanni war dies Bild wichtig, weil es so viele Scenen aus dem Leben Christi und Mariä bot und noch voll und ganz in dem alten Herkommen stand. Wie selbst in Griechenland und im alten Rom die besten Vertreter der Kunst ihren Ruhm mehr darein setzten, alte, eingebürgerte Typen zu vervollkommnen und zu veredeln, als neue Darstellungen zu erfinden, so hielten die besten Künstler Italiens noch in der

---

[1] *Jordan* sagt in seiner Uebersetzung der „Geschichte der italienischen Malerei" von *Crowe* und *Cavalcaselle* II, 214: „Vorn knieen in Anbetung der „Majestät' Marias die vier Bischöfe Savinus und Ansanus, Crescentinus und Victor, die Schutzpatrone der Stadt." In Wahrheit kniet dort nur ein Bischof mit drei Martyrern, aber nicht in „Anbetung" Mariens, sondern Christi.

ersten Hälfte des 15. Jahrhunderts fest an den Grundlinien der alten Ikonographie. Sie banden sich nicht sklavisch an die alte Darstellung, veränderten sie aber auch nicht rücksichtslos. Erst das 16. Jahrhundert brachte den vollen Ruin der Typen, die Sturmfluth des masslosen Individualismus. Es ist darum angezeigt, genau zuzusehen, wie Fra Angelico die alten Stoffe bietet, wo und inwieweit er sie ummodelt, wie diese Aenderung aus seinem Charakter und seiner

Lebensaufgabe folgt. Er hat jedenfalls dies berühmte inhaltsvolle Bild Duccios eingehend studirt und sich desselben erinnert, als er später viele der auf ihm gegebenen Scenen wiederholte: aber nie hat er eine sklavisch copirt.

So sehr ihn die Majestät und Würde dieses reifsten Werkes des Buoninsegna ansprach, so gefiel ihm doch jedenfalls das grosse von Simone Martini 1315 im Palazzo pubblico zu Siena ausgeführte Frescobild besser. Auch dort

Bild 2. Aus dem Leben des hl. Dominicus.
Predellenbilder im Oratorio del Gesù in Cortona.

thront die Madonna zwischen Engeln und Heiligen, aber alles ist frischer und freier. Die berühmten Allegorien des Ambrogio Lorenzetti in demselben Palazzo zogen ihn weniger an. Solche Schöpfungen, in denen der grübelnde Verstand einen Bund mit der gefühlvollen Phantasie einzugehen versuchte, passten weniger zu seiner Individualität. Am meisten bewunderte er in dem stolzen Palaste der noch mächtigen Republik Taddeo Bartolis eben vollendete Fresken des Todes, des

Begräbnisses und der Himmelfahrt Mariens (1414).

Ein diesem Bartoli zugeschriebenes Bild der Himmelfahrt Mariens zu München (ca. 1390) enthält manche Elemente, welche wir späterhin in Fra Angelicos Bildern der Krönung Mariens wiederfinden werden. Singende und musicirende Engel umgeben schon hier die Jungfrau, ja selbst die langen Posaunen, womit die Himmelsboten zum Jubel auffordern, fehlen nicht.

Jenes liebliche Gemälde, welches im Rathhaus von Siena heute am meisten an Fra Angelico erinnert, die von Sano di Pietro 1445 gemalte Krönung Marias, existirte damals noch nicht. Der erst 1406 geborene Künstler († 1481) war noch ein Kind, konnte also zu Fra Giovanni nicht in Beziehung treten. Hatte letzterer sich in Siena für Simone Martinis Werke gerne begeistert, so konnten ihn in S. Francesco zu Assisi dessen Schilderungen der Geschichte des hl. Martin nicht kalt lassen. Aber für ihn wie für alle Besucher verschwanden sie doch gleichsam vor Giottos Meisterwerken. Unwidersprechlich beweisen sie jedem, dass nicht das Vielerlei, sondern der klare Gedanke und sein mit verhältnissmässig wenig Mitteln verkörperter Inhalt stets am durchschlagendsten wirkt. Giottos Scenen haben den Maler darum mehr und mehr gefestigt in der Werthschätzung fester Linien, reiner Farben und klarer Ideen.

Ganz nahe bei Cortona liegt Gubbio, wo eben (1404) Ottaviano Nelli († 1444) in S. Maria Nuova die sogenannte Madonna del Belvedere in Tempera auf eine Wand gemalt hatte. Darin war der Ton getroffen, welchen Fra Giovanni am meisten liebte. Hinter der sitzenden Gottesmutter breiten zwei schwebende Engel ein Tuch aus; über ihrem Haupte hält Gott der Vater inmitten eines Kranzes kleiner Engel eine Krone; unten steht zur Rechten und Linken je ein grosser Engel mit einer Laute oder Geige; zwei kleinere Engel schweben oben mit einer Handorgel und einer Harfe. Maria setzt ihre Füsse auf ein grosses, rundliches Kissen und umfasst mit beiden Händen das auf ihrem rechten Knie stehende Kind. Andächtig neigt sie ihr Haupt zu ihm nieder mit der Bitte, die zur Rechten kniende Stifterin zu segnen. Ein Engel kniet hinter ihr und empfiehlt sie der Madonna. Im Hintergrunde aber ragt über diese beiden die grosse Gestalt eines Heiligen empor, der einen Palmzweig und ein Buch trägt. Der Stifter kniet auf der andern Seite vor der ebenfalls in grossem Massstab gemalten Figur des heiligen Einsiedlers Antonius, der schützend die Linke auf dessen Haupt legt.

„Dieses Meisterstück Ottavianos, eine schlichte, ebenmässige Nebeneinanderstellung von Figuren verschiedenster Grösse auf blauem Grunde, macht den Eindruck einer heitern Miniatur von einer prächtigen Mischung mehrfach abgetönter Farben, welche bunt, aber durchaus unplastisch wirken. Seine von ungemein saubern Umrissen umschlossenen Figuren mit mangelhaften Händen und schwächlichen Füssen sind unkörperliche Erscheinungen in Kleidern wie Spinngewebe, mit Blumen beladen, theilweise mit blattförmigen Säumen. Einige Köpfe, wie z. B. der des Antonius und seines Schützlings, haben einen gewissen still-feierlichen Ausdruck, und auch Maria mit dem Kinde schauen lieblich drein. Das Ganze ist mit einem Fleisse durchgeführt, dem keine Mühe zu viel wird." [1]

Gubbio war damals reich an ähnlichen Werken. Bereits Ottavianos Vater Martino hatte dort um 1385 in Mitte eines Kreises gleichgesinnter Künstler gemalt, sein Grossvater Mattiolo als Bildhauer gewirkt. Ein näheres Verhältniss des Ottaviano zu Fra Giovanni muss um so mehr angenommen werden, weil dessen Bruder Tomasuccio für S. Domenico in Gubbio malte. Doch ist immer die zutreffende Bemerkung Försters [2] festzuhalten: „Fra Angelicos ganze Kunstweise ist von einer Eigenthümlichkeit, die von einer einzelnen andern nicht hergeleitet werden kann; sie ist, eins mit seinem Naturell, aus diesem hervorgewachsen unter dem wohl-

---

[1] *Crowe* und *Cavalcaselle* IV, 1, 98.
[2] Geschichte III, 191.

Bild 3. Madonna mit dem Kinde.
In der Pinacoteca Vannucci zu Perugia.

thätigen Einfluss der ältern Kunst im allgemeinen, mit deren Schöpfungen das ganze Land . . . aufs reichste ausgestattet war."

Nur vier Arbeiten dürfen mit ziemlicher Sicherheit als erste, in Cortona 1407—1418 geschaffene Werke Fra Giovannis angesehen werden. Das wichtigste der für die dortige Kirche seines Ordens gemalten Bilder hängt in einer Kapelle neben dem Hochaltar. Marchese sieht es als eines der besten Werke seines Ordensgenossen an, andere stimmen ihm darin bei. Durch dieses hohe Lob wird es sehr schwer, die Arbeiten unseres Malers kritisch zu sichten und chronologisch zu ordnen. Bei andern Meistern wächst das Können ruhig weiter und sind die bessern Leistungen meist späterer Entstehung; hier begegnet uns im Anfange der Laufbahn eine in ihrer Art vollkommene Schöpfung. Vergessen wir aber nicht, dass der Maler 1387 geboren ward, also im zweiundzwanzigsten Jahre seines Alters die Gelübde in Cortona ablegte und sich bis zu seinem einunddreissigsten dort aufhielt. Ein Fortschritt ist bei Angelico im allgemeinen nur in Nebendingen zu finden, in der Perspective der Hintergründe, im Stil der Architektur, in der Tracht u. s. w.

In der Mitte der Tafel thront Maria in einem dunkelblauen Mantel, welcher ihr rothes Kleid fast ganz bedeckt. Das unbekleidete Kind auf ihren Knieen hält eine dunkelrothe Rose; je zwei Engel zu ihrer Rechten und Linken tragen in einem Korbe hellere und dunklere Blumen; neben dem Throne wachsen in prächtigen Vasen andere Rosen auf. In eigenen Abtheilungen folgen die grossen Figuren der hll. Magdalena und Marcus, rechts Johannes des Täufers und des Evangelisten. Ueber dem mittlern Bilde befinden sich unter einem Spitzbogen der Gekreuzigte mit Maria und Johannes, über den vier Heiligen zur Seite die Figuren der Verkündigung.

„In diesem Bilde kann man den frühlingsfrischen Eindruck nicht verkennen, so dass man die erste Künstlerfreude darin pulsiren, dass man sich selbst zu Entzückungen emporgehoben fühlt. Vor allem ist es das Christkind, das wie der Morgenstern leuchtet, und das Engelpaar, von dessen himmlisch süssem Lächeln das Auge sich nicht trennen mag. Grosse Schönheit ist über die mit bewundernswerthem

Fleisse ausgeführte Predella ausgegossen; mit zartem Gefühl sind die verschiedenen Seelenzustände der dargestellten Personen ausgedrückt; aber wo Angelico den Schmerz über den Hingang des hl. Dominicus auszusprechen hatte, da hat er sein ganzes Herz und die ganze Fülle seines Mitgefühls ausgeschüttet und offenbar in dem Bilde seinen eigenen Schmerz ausgeweint." [1]

Diese Predella enthält in sechs Abtheilungen zwischen denen Heilige stehen, acht Scenen aus der Geschichte des hl. Dominicus (Bild 2), ist aber jetzt in die Taufkapelle beim Dome (Oratorio del Gesù) übertragen. Dorthin ist auch das andere Tafelgemälde von San Domenico gekommen, eine Verkündigung. Maria sitzt in einer Halle; sie liess ihr geöffnetes Buch auf die Kniee sinken, kreuzt demüthiglich die Arme über die Brust und neigt sich, um ihre Bereitwilligkeit zu bekunden. Gabriel ist eilenden Schrittes in die Halle getreten. Er streckt beide Hände aus, mit der Rechten deutet er auf Maria hin, zu der er gesandt ist, mit der erhobenen Linken erinnert er an seine Sendung vom Himmel. Ein von seinen Lippen ausgehendes Spruchband enthält die Worte des Grusses, die Taube aber schwebt bereits herab zur Jungfrau. Im Hintergrund erscheint als Gegenbild dieses Geheimnisses die Vertreibung der Stammeltern aus dem Paradiesesgarten. Die Predella schildert sechs Scenen aus dem Leben Marias (Geburt, Vermählung, Heimsuchung, Anbetung der Könige, Darstellung im Tempel und den Tod mit dem Begräbniss) und ihre Erscheinung vor dem seligen Reginaldus. Vielleicht gehört das letzte Bild aber noch zum Untersatz der zuerst genannten Tafel, die besser ausgeführt ist als die Verkündigung und wohl als früherer Versuch angesehen werden

---

[1] *Förster*, Geschichte III, 195 f.

muss[1]. Beim Eingang von S. Domenico malte Fra Giovanni über dem Thore der Fassade in Fresco eine Madonna mit ihrem Kinde zwischen den hll. Dominicus und Petrus Martyr, in dem Gewölbe aber die vier Evangelisten.

Ein grosses Altarbild Angelicos besass die Dominikanerkirche zu Perugia. Wenige Städte sind so reich an Gegensätzen und zeigen so sehr die Aenderungen, welche der Wechsel der Zeiten mit sich bringt, als diese. Ihr S. Domenico, ein Bau des 13. und 14. Jahrhunderts, ist im Laufe des 17. Jahrhunderts so stark umgeändert worden, dass man die ursprüngliche Anlage kaum mehr zu erkennen vermag. Das Altarbild ist in Stücke zerschlagen; doch sind die meisten Theile jetzt in dem aus den Kirchen und Klöstern der Stadt zusammengeraubten Museum der Pinacoteca Vannucci, im Obergeschoss des machtvollen Palazzo pubblico, aufgehängt. Mag es dem Forscher bequemer sein, heute in den italienischen Bibliotheken und Museen die Handschriften und Kunstgegenstände gesammelt zu finden, mag die Benutzung in freundlichster Art erleichtert werden: das Unrecht der letzten Klosteraufhebungen wird dadurch nicht

Bild 4. Der hl. Nikolaus beendet eine Hungersnoth.
Predellabild. In der Galleria Vaticana zu Rom.

gehoben und gesühnt. Noch Marchese sah die einzelnen Theile der Tafel im Kloster seines Ordens. Er betrachtet sie als frühestes Werk des Künstlers und bekämpft die Meinung Rios, sie sei erst um 1450 entstanden. In der That gleicht das Bild von Perugia (Bild 3) so sehr dem für Cortona gemalten, dass es wahrscheinlich erscheint, beide seien ungefähr zu gleicher Zeit vollendet worden.

–––––
[1] Ein ähnliches Bild der Verkündigung mit der Vertreibung der Stammeltern im Hintergrunde und einem fünftheiligen Untersatz mit Scenen aus dem Leben Mariens besitzt das Museo Prado in Madrid.

Wie in Cortona steht neben dem Thron der Gottesmutter sowohl rechts als links ein Engel mit einem Blumenkörbchen; auf den Flügeln sind zwei Heilige in grosser Gestalt gemalt. Zwei weitere Engel schauen hinter den Pfeilern des Thrones heraus; vor dem Throne stehen auf der Erde drei mit Blumen gefüllte Vasen. Auch auf diesem Bilde hält das auf dem Schoss der Mutter stehende Kind eine Rose, die es einem Körbchen der Engel entnahm. Oben in einem Giebel waren wiederum die beiden Figuren der Verkündigung angebracht; die Predella enthielt Scenen aus der Legende des hl. Nikolaus (Bild 4). Zwei ihrer Tafeln finden sich im Museum zu Perugia, zwei andere im Vaticanischen Museum zu Rom. Die Bildchen von zwölf Heiligen, die ehedem im Rahmen standen, haben stark gelitten, ja sind halb zerstört.

Es ist nicht zu übersehen, dass Fra Giovanni in den bis dahin besprochenen Gemälden uns ebensowohl als Tafelmaler wie als Wandmaler entgegentritt. Das beweist, dass er sich nicht zuerst als Miniaturmaler ausbildete, um erst späterhin zu höhern Leistungen überzugehen. Einen Miniaturmaler würden die Obern zur Auszierung von Chorbüchern verwendet haben. Sie hätten ihn auch späterhin, wenigstens zeitweilig, bei Ausmalung von Handschriften helfend und fördernd eintreten lassen. Nun ist aber keine einzige Miniatur mit Sicherheit auf Fra Angelico zurückzuführen. Er tritt, wie wir sehen werden, nicht einmal dort als Miniaturmaler auf, wo man es doch erwarten müsste. Wir dürfen darum als sicher annehmen, die grosse Malerei sei von Anfang an sein Fach gewesen und geblieben. Freilich verleitet die feine und sorgfältige Ausführung seiner Bilder, besonders die miniaturartige Schilderung in seinen Predellen, sehr leicht zu falschen Schlüssen. Wie rasch folgt da die Behauptung, wer die kleinsten Einzel-

heiten mit solchem Fleisse behandle, müsse zuerst Sachen gemacht haben, die bestimmt gewesen seien, dem Auge so nahe gebracht zu werden wie die Bilder einer kostbaren Handschrift. Solche Ausführungen gehen aber eigentlich von Erfahrungen aus, welche an Gemälden der letzten Jahrhunderte gesammelt sind. Dabei wird dann vergessen, dass die guten Meister des Mittelalters ihre Werke bis ins einzelnste vervollkommneten und sehr häufig Tafeln vom kleinsten Massstabe lieferten. Wer Fra Giovanni wegen seiner zierlichen Predellenbilder zum Miniaturisten machen will, müsste das gleiche bei Duccio thun, welcher auf der Rückseite seiner Majestas und in ihrer Predella zu einem Massstabe herabstieg, der im Verhältniss zu den Figuren der vordern Seite sehr klein ist; ja er käme dazu, fast alle italienischen Maler des 14. und 15. Jahrhunderts als Miniaturisten anzusehen. Technisch war doch die Malerei auf Pergament eine ganz andere als die auf Holz und Kalk. Ueberdies bildeten die Miniaturisten ebenso wie die Schönschreiber eine eigene, von den Malern gesonderte Klasse. Doch darauf werden wir weiter unten zurückkommen bei Beantwortung der Frage, ob Fra Benedetto Miniaturist war und ob er seinem Bruder bei dessen Tafel- und Wandmalereien zur Hand ging.

Bild 5. Christus.

Bild 6. Fiesole.

Zweites Kapitel.

Aufenthalt und Wirksamkeit in Fiesole (1418—1436).

AM 22. Januar 1414 zog Cardinal Dominici feierlich in Konstanz ein; am 4. Juli eröffnete er das Concil als Gesandter Gregors XII. Dieser liess seine Abdankung verkünden, gleich darauf beendigte die Wahl Martins V. das traurige Schisma. So war die Ursache gehoben, welche Fra Giovanni Petri del Mugello und seine Ordensbrüder so lange von Fiesole ferngehalten hatte. Durch thatkräftiges Eingreifen ihres einflussreichen Cardinals und des Ordensgenerals wurde der Bischof von Fiesole bewogen, den reformirten Dominikanern ihr Kloster zurückzugeben. Im Jahre 1418 zogen sie nach neunjähriger Verbannung voll Freude wiederum in ihr liebgewonnenes Haus, worin unser Maler nun 18 Jahre wohnte. Malerisch liegt das Haus am Abhange eines Berges, von dessen Spitze aus die alte, von den Etruskern gegründete Stadt Fiesole die Ebene des Arno beherrscht.

Schon zu Zeiten der Römer hatten sich Ansiedler unten am Flusse angebaut. Ihre Stadt war gewachsen. Jetzt stand sie auf dem Gipfel der Macht, geleitet durch Cosimo von Medici, dem sie 1464 durch Rathsbeschluss den Titel eines Vaters des Vaterlandes verlieh. In ihrer Mitte erhob sich der durch Papst Eugen IV. 1436 geweihte hohe Dom, an dessen Kuppel Brunelleschi seit 1421 baute und der 1439 die Feier des grossen Unionsconcils sah. Neben ihm stieg in reicher Pracht, farbig und plastisch verziert, der von Giotto 1334 begonnene Glockenthurm auf. Vor ihm stand das alte Baptisterium. Die zweite der wundervollen Thüren dieser Taufkirche hatte Ghiberti 1403 angefangen, die dritte und schönste hatte er seit 1425 in Arbeit. Für das Innere fertigte Donatello mit Michelozzo im Auftrage Cosimos das Grab des 1419 verstorbenen Papstes Johann XXIII. an.

Hinter dem Dome schaute kühn der schlanke Thurm der Signoria weit aus ins Land. In ihrem „alten Palast", den dieser Thurm krönte, erbaute Michelozzo 1432 den prächtigen Hof mit seinen reich gezierten Säulen.

Zwischen dem Dom und diesem Palazzo Vecchio stand die 1412 vollendete Kapelle Or San Michele (S. Michael in Horto); ihre Aussenseite wurde eben damals durch Donatello, Ghiberti und Michelozzo mit den prachtvollsten, überlebensgrossen Statuen der Schutzpatrone der Zünfte geziert: ihr Inneres erhielt um 1350 den kostbaren Marmoraltar mit seinem Baldachin, ein Werk des Andrea Orcagna und seines Genossen Bernardo Daddi.

Zur Rechten sah Fra Angelico von Fiesole aus die 1278 von seinen Ordensgenossen Fra Sisto und Fra Ristoro, den besten italienischen Baumeistern ihrer Zeit, begonnene dreischiffige Kirche der Prediger (S. Maria Novella). Oft betete er in ihrer Kapelle Rucellai vor Cimabues grosser Madonna, welche um 1280 im Festzug dorthin gebracht und unter dem Jubel des Volkes aufgestellt worden war. In der gegenüberliegenden Kapelle der reichen und mächtigen Strozzi, im Kreuzarm der Evangelienseite, weilte er oft und lange vor den Fresken der Schüler Giottos; denn aus ihren, um 1350 von Andrea und Bernardo Orcagna gemalten Bildern des Paradieses und der Hölle entlehnte er viele Motive.

Im „alten Kreuzgang" waren damals die grün in grün gemalten Fresken mit Scenen aus dem Alten Testament noch frisch und wirkungsvoll; im Kapitelsaal aber, der spanischen Kapelle (Cappella degli Spagnuoli), boten die farbenreichen Darstellungen des Leidens und der Verherrlichung Christi, die Legende der hll. Dominicus und Petrus Martyr sowie der „Triumph des hl. Thomas von Aquin" reiche Anregung. Vielleicht hat Simone Martini wenigstens einen

Theil derselben um 1330 vollendet. Da indessen viele dieser Bilder im Sinne der von Lorenzetti zu Siena gemalten Allegorien gehalten waren, entsprachen sie der Richtung des Angelico weniger. Er liebte weder leidenschaftlich bewegte Scenen noch geistreiche Anspielungen oder Gegensätze, weder die Schilderung irdischen Treibens noch die getreue Nachbildung zeitgenössischer Dinge und Personen, sondern blieb gerne in jenem Bereich, in den Dominicis Vertrauensmann, Lorenzo von Ripafratta, ihn während des Noviziates eingeführt hatte. Ihn begeisterte die aus frommer Betrachtung und im Gebet gewonnene Vertrautheit mit Christus, mit Maria und den damals in seinem Lande hoch verehrten Heiligen. Da lag die Quelle seiner besten Entwürfe und Arbeiten. Darum besuchte er so oft und so gerne das hochberühmte Gnadenbild der Verkündigung in der Kirche Santissima Annunziata. Dorthin zog ihn seine dem Geiste des Dominicanerordens entsprechende Liebe zur Gottesmutter, ihr widmete er seine schönsten Bilder.

Zur Linken des Domes sah er die gewaltige Kirche des andern Bettelordens, S. Croce, aufsteigen. 1294 hatte Arnolfo di Cambio sie für die Söhne des hl. Franciscus begonnen, erst 1442 war sie vollendet. In ihren Kapellen malte Giotto eine Krönung Marias, das Leben der beiden Johannes sowie das des hl. Franciscus; Taddeo und Agnolo Gaddi und Bernardo Daddi aber hatten drei andere Kapellen mit Fresken ausgestattet. Obgleich theilweise zerstört, verblichen und übermalt, fesseln sie doch noch heute durch einfache Schönheit und Farbenharmonie.

Jenseits des Arno, am linken Ufer, stand der kleinere Theil der Stadt. Da befanden sich im Kreuzgange und in der Brancaccikapelle der grossen, 1422 geweihten Karmeliterkirche S. Maria del Carmine Malereien, die man ehedem Masolino und dessen Schüler Masaccio (1423 und 1428) zuschrieb, die aber wohl von letzterem allein herrühren. Stammte ein Theil derselben von Masolino, so würde Fra Angelico sicher den Meister bei seiner Arbeit oft besucht haben, weil er mit ihm als Schüler des Gherardo Starnina († nach 1406 zu Florenz) angesehen wird. Aber auch dem Masaccio hat er wohl oft bei der Arbeit zugeschaut, obgleich er tiefer in das Wesen der heiligen Dinge einging und nicht so viel auf die äussere Form, auf Lebenswahrheit und Perspective gab. Hinter S. Maria del Carmine steigen Hügel auf; hoch oben glänzt dort die mit Marmor eingelegte Fassade des feinsten romanischen Bauwerks in Italien: S. Miniato al Monte. Seine drei Schiffe ruhen auf zwölf, zum Theil antiken Säulen, sein im 12. Jahrhundert bemalter offener Dachstuhl ist mustergiltig und einzig in seiner Art. In der Sakristei malte Spinello Aretino um 1388 acht lebendig gruppirte und dramatisch dargestellte Doppelbilder aus dem Leben des hl. Benedikt. Den Dominikanern hatte derselbe 1405 für die Farmacia von S. Maria Novella die Passionsgeschichte geschildert. Selbst nach Siena ward er berufen, um dort zu arbeiten. Geistig stand er der mystischen Richtung des Fra Angelico so nahe, dass letzterer jedenfalls seine Arbeiten genau gekannt haben muss.

Am liebsten sah Fra Giovanni in der um 1250 von Nicolò Pisano am rechten Ufer des Arno erbauten gotischen Kirche S. Trinità das von Don Lorenzo Monaco († 1425) gemalte Altarbild der Bartolinikapelle, „die besterhaltene und schönste Altartafel" dieses Sohnes des hl. Romuald. Auch andere Kirchen der Stadt besassen Werke des Lorenzo. Fra Angelico war mit ihm innig befreundet. Doch stand der greise Camaldulenser dem Giotto und seinen Schülern näher. Der jüngere Fra Angelico war trotz seiner mystischen Richtung lebhafter und zog

von den Fortschritten seiner Zeitgenossen mehr Vortheil. Wenden wir uns wiederum seinen Arbeiten zu, um die Richtigkeit dieses Satzes deutlicher zu erkennen.

Wie in Cortona musste Fra Giovanni auch in Fiesole zunächst für sein Kloster arbeiten. Auf eine Wand des Refectoriums malte er eine Kreuzigung mit den lebensgrossen Figuren Christi, Mariä und des Liebesjüngers. Die am Fusse des Kreuzes knieende, vom Rücken gesehene Figur des hl. Dominicus ist nach Marchese wahrscheinlich später beigefügt. Im Jahre 1566 „restaurirte" Francesco Mariani das Bild. Die Zeitgenossen freuten sich der Erneuerung, sahen sie als Verbesserung an; die Kritiker unseres Jahrhunderts tadeln ihn dagegen, weil er entsprechend dem Stile seiner Zeit den Conturen einen grössern Schwung gab und an Stelle der zarten Töne eine kräftigere Farbe setzte. Als die französische Revolution die Mönche verjagt hatte und das Speisezimmer zur Orangerie wurde, litt das Bild bedeutend. In jüngster Zeit ist es für 40000 Lire, andere sagen für 50000 Franken, verkauft, von der Wand losgelöst, auf Draht gespannt und nach Paris ins Louvre gebracht worden.

Vom gleichen Schicksal ward dann auch das zweite Frescobild ereilt. Ein vornehmer Russe kaufte es für 46000 Lire. Es hatte eine Wand des ältern Kapitelsaales geziert. Obgleich es in den vierziger Jahren durch eine Restauration stark litt, verdient es noch immer den besten Werken des Malers an die Seite gestellt zu werden. Wie in der Tafel zu Perugia steht das Kind auf den Knieen der Mutter und ist es nur von ihrem weissen Schleier etwas bedeckt. Neben der Gottesmutter halten die hll. Dominicus und Thomas von Aquin offene Bücher. Die Einfachheit des Gegenstandes bewog den Maler, die Einzelheiten desto sorgfältiger zu behandeln.

Selten hat er mehr Ausdruck in die Gesichter, mehr Richtigkeit in die Zeichnung gebracht. Die Madonna ist schöner und majestätischer als gewöhnlich. Leider sind manche Theile der Gewänder und die untern Stücke des Bildes durch Feuchtigkeit und Uebermalung verdorben. Die für die Kirche des Klosters gemalte Krönung Mariens wurde 1812 nach Paris entführt und ist dem Louvre geblieben. Eine Verkündigung wurde 1611 an Mario Farnese abgegeben gegen 1500 Ducaten und eine Copie. Wie es scheint, befindet sich die Copie jetzt in der Franziskanerkirche zu Montecarlo bei San Giovanni di Valdarno, das Original in Madrid. Das für den Hochaltar von S. Domenico in Fiesole gemalte Bild wurde bereits 1501 von Lorenzo di Credi verändert. Die Figürchen, welche die Pilaster zur Seite der eigentlichen Tafel füllten, und die Predella wurden nach Rom an Herrn Nicola Tacchinardi verkauft, von dem der preussische Consul Valentini sie erwarb. In der Predella thront Christus zwischen mehr als 250 Patriarchen, Propheten und zwischen Heiligen des Neuen Bundes. Sie bildet jetzt eine Zierde der Londoner Nationalgalerie. In Fiesole ersetzt eine schlechte Copie deren Stelle. Im Bilde selbst thront Maria zwischen dem Apostelfürsten Petrus und dem hl. Thomas von Aquin, dem hl. Dominicus und dem hl. Petrus Martyr. Anbetende Engel umgeben das göttliche Kind.

Ins Louvre nach Paris ist auch die 1852 aus San Girolamo di Fiesole (Villa Ricasoli) an den Marchese Campana verkaufte Tafel gewandert, welche von manchen unserem Maler zugeschrieben, von den meisten ihm abgesprochen wird. Auch in ihr thront die Madonna wiederum zwischen sechs Heiligen: Cosmas, Damian und Hieronymus, Johannes Baptista, Franciscus von Assisi und Laurentius. Im Hintergrund erheben sich Orangenbäume und Cypressen. Die unten auf den Rahmen gestellten Wappen der Mediceer erklären, warum Cosmas, Damian und Laurentius hier gemalt sind. Ueber jenen Wappen stehen im Rahmen die Apostelfürsten und vier Heilige, neben ihnen in der Predella fünf Bildchen: 1) der hl. Hieronymus wird von Engeln gegeisselt, weil er die Klassiker mit zu viel Begeisterung las; 2) Franciscus stirbt inmitten seiner Ordensbrüder; 3) Christus im Grabe zwischen Maria und Johannes, welche seine Hände halten; 4) der hl. Franciscus erscheint dem hl. Bonaventura, der sein Leben schreibt; 5) die hll. Cosmas und Damian werden getödtet.

Hatte der fromme Bruder zu Cortona auch für das Haus seiner Ordensgenossen in Perugia ein Altarbild angefertigt, so konnte er in Fiesole gewiss nicht dem Verlangen der Dominikaner von Maria Novella widerstehen. Ihrem Wunsche, einige seiner lieblichen Schöpfungen zu besitzen, gab besonders der Florentiner Fra Giovanni Masi († 1430) Ausdruck. Die Liebe seines Ordensgenossen Angelico gewann er durch Frömmigkeit und strenge Beobachtung des Stillschweigens. Da er nun viele Reliquien besass, liess er sich vier kleine Schreine anfertigen, worin er diese Reliquien einschliessen und auf dem Altare ausstellen könne. Sie waren nach Art der damaligen einfachen Altaraufsätze gebildet, nur 0,42 bis 0,60 m hoch, 0,25 bis 0,29 m breit und endeten oben in Spitzbogen. Diese Tafeln bemalte ihm nun Fra Angelico. Eine ging verloren, die drei andern wurden in Maria Novella 400 Jahre lang mit Sorgfalt gehütet. Nach der letzten Beraubung fast aller Klöster sind sie ins Museum von S. Marco gebracht worden. Das erste dieser Reliquiare enthält eine Krönung Mariens, seine Predella eine Verehrung des Christkindes durch zehn nur in Halbfiguren dargestellte Personen. Rechts und links steht im Rahmen je ein musicirender Engel. Sechs andere Engel tanzen im Reigen um Maria,

Joseph und das Kind. Das zweite Reliquiar enthält oben die Verkündigung, unten die Anbetung der Könige; im Sockel umgeben heilige Jungfrauen, meist Martyrinnen, deren Reliquien hier eingeschlossen sind, die Madonna (Bild 7). Das dritte ist reicher geschnitzt als die übrigen. Es endet zur Seite in gewundenen Säulen, oben in einem mit edlem Blattwerk besetzten Kiel-

Bild 7. **Reliquiar.**
Im Kloster S. Marco zu Florenz.

bogen. In seinem vergoldeten, mit filigranartiger Zeichnung verzierten Sockel sind die hll. Dominicus, Thomas von Aquin und Petrus Martyr in halben Figuren wohl deshalb dargestellt, weil Fra Giovanni Masi deren Reliquien in das Innere legte. Oben in der Mitte steht Maria. Voll Andacht, Liebe und Innigkeit trägt sie ihr hier mit einem langen Gewand bekleidetes Kind auf dem rechten Arm. Sie freut sich, dass es sein Köpfchen an ihre Wange legt. In der Umrahmung steht unten eine Blumenvase zwischen zwei musicirenden Engeln, über ihnen schwingen zwei weitere Engel Rauchfässer, vier andere beten das Kind an; oben, unter der Spitze des Bogens, erscheint in Wolken das Brustbild des himmlischen Vaters. Die beiden letzten Reliquiare verdienen mehr Lob als das erste, doch sind alle wunderbar liebliche, von keiner Retouche berührte Beweisstücke einer Kunstfertigkeit, die es vermochte, auch im kleinsten Raum himmlische Dinge in grossartiger Auffassung und in vielen Figuren zu verkörpern.

Verschollen ist eine Verzierung der Osterkerze, vielleicht die Figur des Erstandenen, die Fra Giovanni ebenfalls für Fra Masi anfertigte. Die von ihm in S. Maria Novella in Fresco ausgeführten Bilder der hll. Dominicus, Katharina von Siena und Petrus Martyr sowie kleinere Gemälde in der dortigen Kapelle der Krönung Mariens sind beim Umbau untergegangen. Damals verschwanden auch viele von Schülern Giottos ausgeführte Malereien.

Im Jahre 1433 malte Fra Giovanni für die Zunft der Flachshändler (l'arte dei Linajuoli) die berühmte Madonna mit den musicirenden Engeln. Für die Kartäuser von Florenz vollendete er um jene Zeit drei Tafelbilder: eine thronende, von den hll. Laurentius, Magdalena, Zenobius, Benedikt und von Engeln umgebene Madonna, eine andere Madonna mit zwei Heiligen, deren schönes Ultramarin von Vasari hervorgehoben wird, sowie eine Krönung Mariens.

Vor 1436 entstand wohl das in den Uffizien in Florenz befindliche Bild der Nonnen von S. Pietro in Piazza und das Fahnenbild der Bruderschaft di S. Croce del Tempio, eines dritten Ordens der Dominikaner. Es enthält eine Grablegung und hängt seit 1786 in der Accademia delle Belle

Arti, jetzt Galleria Antica e Moderna. Dieselbe Galerie besitzt das wichtigste der während dieser Periode entstandenen Werke, eine Abnahme vom Kreuze (Bild 8). Sie stammt aus der Dreifaltigkeitskirche zu Florenz, welche dem Orden von Vallombrosa gehörte. Da Don Lorenzo Monaco († 1425) die drei in ihren Giebeln angebrachten Scenen (die Auferstehung, der Besuch der Frauen am Grabe und die Erscheinung vor Magdalena) malte, wurde das Bild spätestens um 1425, nicht, wie Rio und Förster wollen, kurz vor 1445 vollendet. Rios Meinung, das Porträt des Architekten Michelozzo finde sich auf dem Bilde, verliert durch diese Datirung ihren letzten Halt.

Drei Inschriften des untern Randes zeigen, was der Maler wollte. Unter dem mittlern Theile lesen wir: „Aestimatus sum cum descendentibus in lacum" (Ich ward gerechnet unter jene, die in den Abgrund hinabsteigen; Ps. 87, 5). Der nach dem Urtheil der besten Kenner vortrefflich gezeichnete Leib Christi zeigt zwar noch die Spuren der Misshandlung und des Leidens, behält aber seine volle Schönheit und verliert durch die ihn hie und da stützenden Hände fast alle Steifheit des Todes. Er bildet gegen den Kreuzesstamm eine Diagonale und wird von Nikodemus mit beiden Händen gehalten. Seine Füsse reichen bis zu der unten knieenden Magdalena. Sie hüllt ihre Hände in einen durchsichtigen Schleier und nimmt voll Andacht die Fussspitzen, um sie zu küssen. Eine zweite Diagonale, welche mit der ersten ein Andreaskreuz bildet und durch die Arme des hochheiligen Leichnams angezeigt wird, entsteht dadurch, dass oben Joseph von Arimathäa, dem Nikodemus gegenüber auf der Leiter stehend, noch eben den rechten Arm Christi hält, Johannes den heiligsten Leichnam unterstützt und weiter nach unten ein junger gekrönter Mann kniet. Er klopft an die Brust und scheint zu sagen:

Bild 8. Die Kreuzabnahme.

In der Galleria Antica e Moderna zu Florenz.

„Für mich und für meine Sünden starb er.“ Zwei weitere Männer stehen neben und auf der Leiter zwischen Magdalena und Joseph von Arimathäa, also hinter dem heiligen Leichnam. Sie halten und stützen ihn mit den beiden vor ihm beschäftigten Männern, Nikodemus und Johannes, und lassen ihn langsam hinabgleiten. Wohl kommt die Schwere und Leblosigkeit des entseelten Körpers zur Geltung, aber er behält seine Würde. Nicht die Gesetze von Last und Tragkraft, von Druck und Schub beherrschen das Ganze, sondern liebevolle Bemühung um das Heiligthum der Gottheit. Der Boden ist keine unfruchtbare, mit modernden Gebeinen gefüllte Stätte: Blumen und Blüthen wachsen da auf, weil Christi Blut den Fluch von der Erde nahm, das Paradies eröffnete und den Tod besiegte. Die Berge des Hintergrundes sind noch öde und leer, weil die frohe Botschaft noch nicht allerwärts verkündet und angenommen war.

Mit grosser Sorgfalt sind die Farben vertheilt. Magdalena und der unten ihr gegenüber kniende Mann haben rothe Gewänder. Der Leichnam Christi passt in seiner ins Bräunliche gehenden Farbe zum rothen Kleide der Magdalena, zu der er, da sie neben Maria kniet, herabgelassen wird. Blaue Kleider tragen hingegen Johannes, sowie jene beiden Männer zwischen Magdalena und Joseph von Arimathäa, deren Häupter mit dem des Johannes ein Dreieck bilden. Hell purpurroth ist oben des Nikodemus Kleidung und das Untergewand des Joseph, der ihm gegenübersteht. Des letztern dunkelgrünes Oberkleid schliesst den obern Theil des Bildes ab und verbindet ihn mit dem bunten Wiesengrunde am Stamme des Kreuzes. Freilich hat der Ton durch eine 1841 von Francesco Acciai unternommene Restauration etwas an Tiefe verloren, aber die Farbenstimmung blieb doch vortrefflich.

Zur Rechten sind die Frauen versammelt. Da erhebt Maria ihre krampfhaft gefalteten Hände. Traurigen Blickes erwartet sie, dass man die sterbliche Hülle des Sohnes in ihren Schoss lege. Da sie sich, wie Bild 8 zeigt, neben der knienden Magdalena befindet, welche schon ehrerbietig die heiligsten Füsse berührt, geht die Richtung der Abnahme von oben nach unten auf Maria zu. Dadurch dass sie auf einer kleinen Erhöhung des Bodens sitzt und dass die andern Frauen in zwei Gruppen zu drei und vier rechts und links neben ihr stehen, entsteht ein Unterschied der Höhe zwischen der Mutter und ihrer Begleitung, wodurch das Herablassen noch mehr betont wird, da ja Marias Schoss das Ziel ist. Zwei Frauen breiten die Tücher aus, worauf die heilige Leiche gelegt und worin sie eingewickelt werden soll. Die in der Ecke im Vordergrund stehende Frau ist ganz eingehüllt in einen weiten, violetten Mantel, nur ihr Gesicht bleibt im Profil sichtbar und erscheint dadurch doppelt schön und wirksam. Die Unterschrift dieser rechten Seite schildert das trefflich wiedergegebene Gefühl und den Ausdruck der neun Frauen: „Plangent eum quasi unigenitum, quia innocens.“ (Beklagen werden sie ihn wie einen Erstgeborenen, da er unschuldig [hingeopfert ward]. Vgl. Zach. 12, 10.)

Die Inschrift der linken Abtheilung sagt: „Ecce, quomodo moritur iustus, et nemo percipit corde.“ Die Worte: „Siehe, wie der Gerechte stirbt“, erhalten ihre Erklärung durch einen vornehmen Mann, der in der Rechten die Dornenkrone emporhält und mit der Linken einem neben ihm stehenden Greise zwei lange, spitze Nägel zeigt. Zwei im Hintergrunde stehende Männer schauen voll Wehmuth und Trauer auf die heilige Leiche.

Bäume, Berge und Gebäude sind schematisch und etwas unbeholfen, aber doch mit Fleiss bis ins einzelnste ausgeführt. Die Abtönung der Farben hätte nach der Ferne hin unbestimmter und schattiger werden müssen, aber auch so hilft der Hintergrund kräftig zur Vereinigung und Abrundung der drei Hauptgruppen. Je drei Engel, welche über den trauernden Frauen und Männern schweben und in deren Klagen einstimmen, steigern den Eindruck.

Wie in andern grössern Tafelgemälden hat Fra Angelico dem italienischen Geschmacke der Zeit entsprechend in den beiden Seitenrändern je drei Heilige in ganzer Figur und je zwei in Brustbild gemalt. Wir finden da die Heiligen Michael, Petrus und Ludwig von Toulouse. Dominicus und Johannes Gualbertus vertreten die beiden Orden, deren Mitglieder hier brüderlich zusammenarbeiteten.

Bild 9. Die Flucht nach Aegypten.
In der Galleria Antica e Moderna zu Florenz.

Förster bemerkt gut: „Von den ältern italienischen Künstlern dürfte kaum einer so wenig die Erwartung wecken, er werde die schwierige Aufgabe (einer dramatischen, dem Gewicht des Körpers wie den Affecten der Mitwirkenden gerecht werdenden Kreuzabnahme) lösen, als Fra Giovanni Angelico, der einer jeden auch nur annähernd naturalistischen Anschauungsweise fern stand. Und doch hat er

mit seiner Kreuzabnahme die Aufgabe vollkommener gelöst als irgend ein anderer vor ihm und selbst nach ihm, Daniel Volaterra mit seinem berühmten Bilde in Trinità de' Monti zu Rom nicht ausgenommen.

„In diesem Bilde gelingt es dem Künstler, aus der ihm vorherrschend eigenen lyrischen Stimmung in eine dramatische Weise der Darstellung überzugehen. Er führt uns, ohne das

Aufgebot körperlicher Kräfte betonen zu wollen, doch deutlich in den wirklichen Vorgang ein; aber indem er uns ein schweres Herzeleid vor die Augen stellt, mässigt er dessen Ausdruck durch Schönheit, Hoheit und Heiligkeit derart, dass wir zu keiner peinlichen Empfindung kommen und in stiller Wehmuth das Gefühl der Versöhnung haben. . . . Dazu kommt eine Sanftheit der Bewegungen ohne Schwäche, eine Innigkeit des Schmerzes ohne Erweichung, dass man um so ruhiger wird, je länger man das Bild betrachtet, da seine Wirkung durch die Klarheit aller Motive, durch die Schönheit aller Linien und die Harmonie ihrer Gegensätze und Verbindungen wesentlich unterstützt wird." [1]

Das Verdienst des Meisters tritt noch klarer hervor, wenn wir seine Kreuzabnahme mit der oben erwähnten Grablegung vergleichen. In letzterer bleibt er ziemlich in der Bahn der ältern Schüler Giottos, in ersterer stellt er sich an die Spitze der Neuern, bringt er die Gesetze der Schwere, der Naturwahrheit, der Gefühle und des Glaubens in ein glückliches Gleichgewicht. Dort liegt die heilige Leiche erstarrt und bewegungslos, hier ist sie Grund und Ziel vielfacher Handlung, wird sie selbst bewegt: dort herrscht in einer Gruppe eine Gemüths-

[1] *Förster*, Geschichte III, 209. Die beredte Würdigung dieses Bildes bei Montalembert (Du vandalisme p. 97 s.) würde durch eine Uebersetzung leiden: „Oh quelle surabondance d'amour de Dieu, d'immense et ardente contrition devait avoir ce cher fra Angelico le jour où il a peint cela! comme il aura médité et pleuré ce jour là, dans le fond de sa petite cellule, sur les souffrances de notre divin Maître! Chaque coup de pinceau, chaque trait qui en sortait, semblent autant de regrets et d'amour, provenant du fond de son âme. Quelle émouvante prédication que la vue d'un pareil tableau! . . . D'autres y voient simplement des œuvres d'art, moi j'y aurai puisé, je le sens, d'ineffables consolations, des profonds enseignements."

bewegung, hier haben in drei Gruppen die Personen verschiedene Affecte und Beschäftigungen. Das aufragende Kreuz mit seinem an den obern Rand der Tafel anstossenden Querbalken und die sich lang hinziehende Stadtmauer entsprechen in der Grablegung der einen, eintönigen Gruppe; die drei Gruppen der Abnahme forderten und erhielten wechselnde Hintergründe. Hier wie dort küsst Magdalena die Füsse, aber Krone und Nägel liegen in dem einen Gemälde auf der Erde, während sie uns in dem andern gezeigt werden. Die Art aber, wie die Männer sie zeigen und anschauen, macht uns klar, was sie sagen. Dort knien oder sitzen fast alle, hier sind sie verschiedenartig bewegt. Die Grablegung oder Beweinung in S. Marco werden wir im folgenden Kapitel besprechen. Eine einfache Darstellung desselben Ereignisses findet sich fernerhin unter den 35 Bildern der 8 Tafeln, welche als Thürfüllungen eines Schrankes in der Santissima Annunziata zu Florenz dienten. Auch sie hat man in die Galerie der Akademie gebracht. Rio setzt sie erst nach 1450 und findet in ihnen wiederum das Portrait Michelozzos, der hier älter erscheine. Nach der fast allgemeinen Ansicht entstanden sie aber noch in Fiesole, also vor 1436. Die besten Bilder dieser Reihe sind die Verkündigung, die Anbetung der Könige, die Flucht nach Aegypten, die Auferweckung des Lazarus, der Handel des Judas mit den Pharisäern, das Gebet im Oelgarten und die Geisselung. Jene Tafel, worauf die Hochzeit von Kana, die Taufe und die Verklärung vereint sind, muss von anderer Hand stammen. Auch die Grablegung, die Auferstehung und das jüngste Gericht sind schwerlich von Fra Angelico, sondern von Gehilfen ausgeführt, doch bildet der ganze Cyklus ein einheitlich geordnetes Werk. Da die Inschrift des obern Randes einer jeden Tafel eine Stelle aus dem Alten Testamente, die untere einen Text des Evangeliums gibt, ist ein Anschluss an die sogen. Armenbibeln unverkennbar. Es wird darum für die christliche Ikonographie nicht ohne Nutzen sein, auf den Inhalt der Bilder und auf ihre Inschriften kurz einzugehen.

1. Gleichsam als Vorwort dient ein Bild, das die geschriebenen Quellen unseres Glaubens darstellt und auf ältere Vorbilder zurückgeht. In ein Quadrat sind drei concentrische Kreise eingeschrieben. In den Ecken entstehen so vier Abtheilungen, zwischen ihnen kommt ein grösserer und in diesem ein kleinerer Ring. Im letztern sehen wir die Verfasser des Neuen Testamentes: die vier Apostel, welche Briefe schrieben, mit Schriftbändern und zwischen ihnen die Evangelisten; jeder der letztern hält ein Buch vor der Brust und hat den Kopf seines Symbols. In dem grössern Ringe finden wir zwölf Verfasser des Alten Testamentes gemalt, oben Moses zwischen David

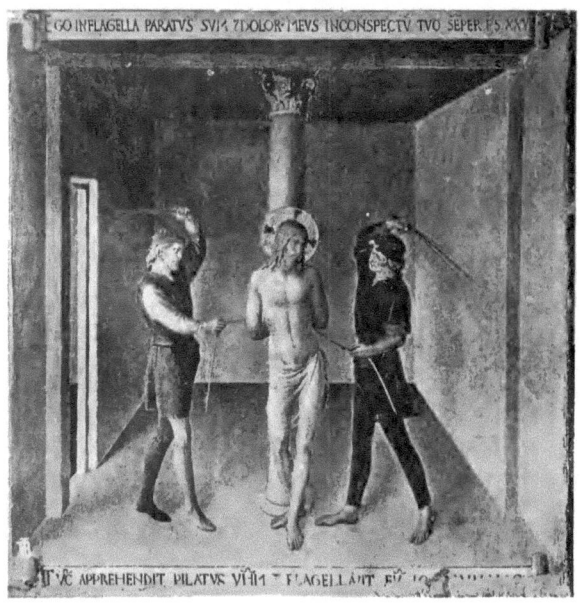

Bild 10. Die Geisselung Christi.
In der Galleria Antica e Moderna zu Florenz.

und Salomon, dann die vier grossen und fünf kleine Propheten. Jonas (Tobias?) ist durch einen Fisch charakterisirt, den er in der Hand hält. In den Ecken erblicken wir unten Ezechiel und Gregor d. Gr., zwischen ihnen ein Schriftband mit den Worten: „Flumen Chobar", weil Ezechiel am Flusse Chobar die vier evangelischen Thiere sah. In den obern Ecken stehen jene Texte aus Ezechiel und aus den Homilien Gregors über diese Vision, welche das römische Brevier in der ersten und zweiten Nocturn an den Festen der Evangelisten verlesen lässt.

2. Der eigentliche Cyklus beginnt mit der Verkündigung. Maria und der Engel knien auf der Erde. Letzterer ist etwas trocken gezeichnet und hat eigenthümlich gestreifte Flügel. Die Perspective ist stark betont im Raum, worin sich das Geheimniss vollzieht, und im Durchblick durch eine in der Mitte befindliche Thüre.

3. Maria und Joseph knien rechts und links vor dem unbekleideten Christkinde; im Hintergrunde schauen Ochs und Esel durch eine Thüre herein; zur Rechten nahen sich die Hirten; oben loben sechs auf Wolken

kniende, nicht zum Kinde, sondern gegen Himmel gerichtete Engel Gott den Vater.

4. Die Beschneidung zeigt in scharf charakterisirten Figuren in aller Naivetät die Vollziehung des Gesetzes.

5. Die Opferung ereignet sich in einem Tempel, dessen Formen in der Mitte der Gotik, zur Seite der Renaissance angehören. In der Mitte hält Simeon das in Windeln gehüllte Kind; Maria streckt die Arme aus, weil sie es ihm gab, oder um es wieder zu erhalten. Hinter ihr naht Joseph mit der Taube, hinter Simeon kommt Anna mit gefalteten Händen.

6. Die Könige sind von einem grossen Gefolge begleitet. Sie beten das Kind vor einer Strohhütte an. Einer küsst kniend dessen Füsslein.

7. Die Flucht (Bild 9), ein in Giottos Art gemaltes Bild, wirkt durch Klarheit und Einfachheit, obgleich die auf dem Esel sitzende Mutter mangelhaft gezeichnet ist. Joseph folgt ihr mit einer Flasche, einem Korbe mit

Bild 11. Christus in der Vorhölle.
In der Galleria Antica e Moderna zu Florenz.

Broden und einem Mantel. So sieht man in Italien noch heute am Morgen die Landleute zur Arbeit ziehen. Beachtung verdient der Versuch, die verschiedenen Baumarten in der Landschaft zu charakterisiren.

8. Beim Kindermord steht der starke Affect der Mütter im Gegensatz zur Ruhe der Soldaten; lässt doch einer derselben sich ohne Gegenwehr von einer Frau das Gesicht zerkratzen. Eine andere Mutter erhebt, halb kniend, beide Hände und betrachtet jammernd das in ihrem Schoss liegende Kind; eine dritte flieht, mit weit geöffnetem Munde schreiend; eine vierte hat sich über ihr gemordetes Söhnlein auf die Erde hingestreckt; andere suchen wegzueilen.

9. Ruhig sitzt Jesus in der Mitte der Lehrer. Zur Linken steht Joseph mit Maria, die ihren Sohn anredet. Die Architektur ist hier noch gotisch, sonst meist in frühen Renaissanceformen gehalten.

10. Die Hochzeit von Kana. Am Tische sitzen bei der Braut und dem Bräutigam zwei Männer, dann Maria

und Jesus. Letzterer streckt seine Hand aus über die vor dem Tische stehenden kleinen Krüge, in die einer der beiden Diener Wasser giesst. Die Texte auf dem Rahmen lauten: „Haurietis aquam et vertetur in sanguinem. Esodi IIII c." „Vox Domini intonuit super aquas. Ps. XXVIII."

11. Bei der Taufe haben alle Personen lange Locken. „Descendit et lavit se septies in Iordane. III Reg. V c." „Venit Iesus et baptizatus est a Iohanne in Iordane. Marc. I c."

12. Die Verklärung. „Et repleta erat gloria domus Domini. Ezech. XLIII c." „Transfiguratus est ante eos. Mat. XVII c."

13. Aus dem ganzen öffentlichen Leben ist ausser der Verklärung nur noch die Auferweckung des Lazarus geschildert. Sehr schön ist hier der Gegensatz zwischen dem Juden, der sich die Nase zuhält, weil die Leiche „schon riecht", und den frommen, vor dem Herrn knienden Schwestern, die noch nicht wissen, dass das Wunder sich eben vollzieht. Die Apostel sehen staunend, wie Lazarus mit gefalteten Händen hervortritt. Mit hoher Kunst sind hier zwei sich folgende Zeitpunkte zusammengestellt, ohne dass ein Widerspruch entsteht. Auf ein altes Vorbild deutet die Rolle in Christi Hand.

14. Jesus reitet auf einem Esel und erhebt die Rechte zum Segensgestus. Die Apostel folgen mit Palmzweigen, die Juden ziehen mit ähnlichen Zweigen in Procession vor ihm her. Ein Jude breitet seinen Mantel vor Christus auf der Erde aus.

15. Beim Abendmahl sitzt der Heiland mit elf Jüngern am Tisch. Einer bringt Speise. „Agnum eiusdem anni immaculatum faciet sacrificium. Ezech. XLVI c." „Paraverunt Pascha et cum esset hora discubuit Iesus et duodecim discipuli. Luc. XXII c."

16. Elf Apostel sitzen im Kreise, der zwölfte bringt Wasser. In der Mitte kniet Jesus vor Petrus, der den Gestus der Abwehr macht. Ein im Vordergrunde sitzender Apostel löst seine Schuhriemen, ein anderer zieht einen Strumpf aus, die meisten sehen staunend auf das Beginnen des Meisters.

17. Im Hintergrunde des tiefen, gewölbten, auf zwei Säulen ruhenden Cönaculums sitzen sechs Apostel hinter einem langen Tisch. Die übrigen sind aufgestanden von ihren theilweise noch vor dem Tisch stehenden Schemeln. Drei knien zur Linken vor der Wand, drei zur Rechten. Vor letztern steht der Heiland, um ihnen die consecrirte Hostie zu reichen.

18. Ein Pharisäer zahlt dem Judas, der noch seinen Nimbus trägt, die Silberlinge in die dargebotene Hand.

Sechs Juden schauen voll Verwunderung oder Schrecken zu. Schönes Bild mit charakteristischen Gestalten. „Appenderunt mercedem meam triginta argenteos. Zach. 11 c." „Quid vultis mihi dare et ego tradam illum. At illi constituerunt ei XXX argenteos. Mat. XXVII c."

19. Im Hintergrunde des Gartens betet Christus, in kleiner Gestalt. Ein Engel naht sich, die drei Apostel aber, in grosser Gestalt, schlafen im Vordergrunde.

20. Judas küsst Jesum, zu dessen Rechten die drei Apostel stehen, während die Pharisäer und Soldaten auf dem Boden liegen.

21. Die Gefangennehmung, wobei Petrus dem Malchus das Ohr abhaut, vollzieht sich ruhig, ohne dramatische Aufregung.

22. Der Heiland steht mit ruhiger Würde vor Kaiphas.

23. Die Geisselung Christi (Bild 10) durch zwei Knechte, ohne Zuschauer, in einem Gemach, dessen Decke von einer Säule getragen ist. Beachtung verdient, wie die Scene dadurch zusammengefasst wird, dass die Männer die Stricke halten, womit sie den Herrn an jene Säule banden.

24. Der in der Mitte sitzende Erlöser wird von vier Henkern geschlagen und verspottet. Drei andere schauen zu, zwei weitere stehen in der Thüre. Das Tuch, womit die Augen Christi verbunden sind, ist hier nicht durchsichtig.

25. Die Schächer gehen vor Jesus, der sein Kreuz trägt und nach Maria umschaut, die von zwei Schergen gehindert wird, sich ihm zu nahen.

26. In einer sehr ruhigen Scene zieht Christus seine Kleider aus, welche von den ihn umgebenden Soldaten genommen und vertheilt werden.

27. Jesus ist am Kreuze verschieden. Zur Rechten trauern Maria, Johannes und drei Frauen; drei Soldaten beten den Herrn kniend an, während fünf Pharisäer und Soldaten voll Theilnahme zuschauen. Kein Spötter, kein Feind ist mehr zu sehen. Zwei Männer mit der Lanze und mit dem Schwamm stehen ruhig neben dem Kreuze. Tiefer, wehmuthsvoller Friede herrscht. „Es ist vollbracht."

28. Jesus schwebt auf einer Wolke in die Vorhölle (Bild 11). Unter der eingestürzten Thüre liegt der Fürst der Finsterniss. Adam und Eva treten bekleidet hinan, Isaak und Abraham, David und andere folgen ihnen.

29. Die vor dem Grabe liegende Leiche Christi ist von sieben Frauen und drei Männern umgeben. Die Dornen-

krone und die Nägel liegen auf einem Tuche im Vordergrunde. Ruhiger Schmerz herrscht.

30. Fünf Frauen nahen sich dem Grabe des Erstandenen. Zwei schauen forschend hinein und sehen, wie
der Engel darin sitzt. Drei stehen zur Rechten hinter ihnen.

31. Oben in den Wolken sieht man noch den Saum
des Kleides Christi, der gegen Himmel fährt. Unten
kniet Maria mit den elf Aposteln in einem Kreise, die
beiden Engel stehen zur Seite.

32. Das Pfingstfest. Oben in einem Hause sitzt
Maria in der Mitte von zwölf Aposteln und dreizehn
Jüngern. Alle sind höchstens in Brustbild sichtbar. Vor
dem Hause stehen drei und zwei Männer.

33. In der Mitte krönt Christus seine Mutter.
Die meisten der sie umgebenden und den Vordergrund fül-
lenden Engel und Heiligen schauen aus dem Bilde heraus.
Sie drängen sich und entbehren des Wechsels und Lebens, nur die mittlere Gruppe ist vortrefflich. Die Inschriften passen nicht recht zur Scene: „Vidi Dominum
sedentem super solium excelsum et elevatum et plena domus maiestate eius. Isa. VI." „Ecce tabernaculum Dei cum
hominibus et habitabit cum eis et ipsi populus eius erunt

et ipse Deus eorum. Apocal. XXI." Wahrscheinlich stammen die Texte aus einem ältern Buche, worin sie eine
Darstellung des Himmels begleiteten.

34. Das jüngste Gericht. Vgl. unten das fünfte
Kapitel.

35. Ein dem ersten entsprechendes Bild dient als
Schluss. War dort auf die Quellen des geschriebenen Wortes Gottes hingedeutet, so sehen wir hier
den Inhalt der mündlichen Ueberlieferung. Unten
steht in einem blumigen Wiesengrund der siebenarmige
Leuchter des Alten Bundes, aus dem sieben Schriftbänder
hervorgehen. In jedem steht der Name eines Sacramentes zwischen zwei sich auf dasselbe beziehenden
Stellen des Alten und des Neuen Bundes. Zur Linken zeigt
eine Frau ihr geöffnetes Buch: die Kirche. Ueber jenen
Schriftbändern ist aus dem Leuchter ein Kreuz in die Mitte
der Tafel aufgewachsen. Um dasselbe schlingt sich ein
Inschriftsband mit zwölf sich auf die Glaubensartikel beziehenden Stichworten. Zur Rechten halten die zwölf
Apostel Schriftbänder mit je einem Artikel ihres Credo,
zur Linken zwölf Propheten ähnliche Schriftbänder mit
Texten, welche jenen Artikeln entsprechen.

Bild 12. S. Maria Novella zu Florenz.

Drittes Kapitel.

Aufenthalt in Florenz (1436—1445).

Wandmalereien in S. Marco.

IM Jahre 1436 siedelte Fra Angelico aus Fiesole über ins Kloster von S. Marco zu Florenz. Hohe, helle Seitengänge umziehen dort die vier Seiten des Hofes. Die Kirche erhebt sich neben der beim Eintritt zur Linken liegenden Seite; aus der dem Eingange gegenüberliegenden führen Thüren in die Sakristei, zum obern Stocke und in den Kapitelsaal. Die dritte Seite stösst an ein grosses Refector; neben der vierten, in deren Ecke die Pforte sich öffnet, lagen die Gastzimmer. Die hier vom „englischen Künstler" begonnenen Arbeiten bezeichnen in der Geschichte der Malerei einen Höhepunkt, welcher in seiner Art dem der Summa des „englischen Lehrers" ähnlich ist. In die spitzbogige Nische über der Thüre des ersten Gastzimmers hat er drei lebensgrosse Halbfiguren gezeichnet. Mit langem, in den Nacken hinabfallendem, gelocktem Haare, mit vollem, ziemlich langem Bart, mit einem hohen Wanderstab erscheint Christus in ärmlicher Pilgertracht (Bild 19, S. 44). Vor ihm stehen zwei Dominikaner. Der erstere, der Prior, erfasst mit der Rechten die Hand des Herrn, mit der Linken den andern Arm. Auch der zweite legt die Rechte auf diesen Arm. Beide wollen gleich jenen Emmansjüngern den Herrn gleichsam zwingen, in ihrem Hause Herberge zu nehmen. Die Hände reden, die Augen bitten den ernsten und doch so milden Wanderer, der Einladung zu folgen. Wie ganz anders hat der Ordensgenosse des Malers, Fra Bartolomeo, dieselbe Scene über der Thüre eines zweiten Gastzimmers behandelt!

Er hat den Jüngern ihre Tracht gelassen, aber in einem den deutschen Pater Nikolaus Scomberg, seit 1506 Prior von S. Marco, im andern dessen Vorgänger, P. Santi Pagnini, porträtirt. Fra Angelico idealisirt und generalisirt, macht die Jünger zu Dominikanern und verkörpert die Idee: Wir wollen in jedem Gast Christum sehen und ihn so aufnehmen, wie die Jünger von Emmaus den Herrn einluden. Fra Bartolomeo aber individualisirt und naturalisirt, gibt den Jüngern die Köpfe lebender Personen, wie in S. Maria Novella Ghirlandajo bei den Frauen, von welchen die hl. Anna nach Marias Geburt besucht wird, die Köpfe bekannter und schöner Florentinerinnen verwendet. Dem Fra Angelico oder der Tradition entlieh Bartolomeo die schöne Idee, jene Jünger über die Thüre des Gastzimmers zu setzen; er schwächte aber die Kraft des Bildes seines Vorgängers ab, indem er den historischen Vorgang mit dem vermeintlichen historischen Kostüm beibehielt [1]. Sein Bild hängt jetzt im obern Stockwerk in der Zelle des Savonarola, der ihn bewogen hatte, ein leichtfertiges Künstlerleben aufzugeben und in den Orden einzutreten.

In vier andern Brustbildern der Lünetten ebenso vieler Thüren erinnert dann Fra Angelico den freundlich aufgenommenen Fremden, dass diese Säulenhallen einen heiligen Ort bilden. Er zeigt ihm den hl. Dominicus mit dem Regelbuche und der Geissel, welche das ernste, in jener Regel vorgeschriebene Bussleben kenn-

[1] In dem officiellen Führer von S. Marco fasst Professor Ferd. Rodoni das Gesagte in folgende Worte: „Nelle mura di questo Convento è impressa la storia monumentale dei più gloriosi tempi dell' arte fiorentina. L'Angelico chiude e riassume l' antica Scuola toscana del risorgimento; Frate Bartolomeo della Porta rappresenta la Scuola moderna. Il primo è il pittore dell' idea, il secondo quello della forma. Grandi ambedue e ornamento di questo bellissimo Cenobio che illustrarono colla loro dimora e coi loro dipinti."

zeichnet, dann den hl. Thomas, das Licht des Ordens. Ueber der Thüre der Sakristei erblickt der Gast den hl. Petrus Martyr. Der ernste Mann legt die Hand auf den Mund, um Stillschweigen in den Gängen und besonders in der Sakristei zu heischen [1]. Der aus dem Grabe erstehende Herr zeigt über einer fünften Thüre seine Wunden, um an den Weg des Kreuzes und an den Sieg der Auferstehung zu mahnen.

Würdig und ernst paaren sich in diesen Bildern Einfachheit mit Grösse, Schönheit mit Tiefe. So anziehend sie jedoch sein mögen, sie erreichen nicht die Hoheit eines dem Eingange gegenüberliegenden Gemäldes, zu dessen Lob alle Kenner sich einen, welcher Richtung auch immer sie angehören. Es ist sehr einfach, ohne viele Figuren, ohne Farbeneffect und ohne auffallende Ideen. Nur Dominicus kniet dort am Fusse des Kreuzes. Der sterbende Heiland schaut herab auf seinen treuen Diener, der mit beiden Händen nicht die heiligen Füsse, sondern nur den Stamm unter dem Fussbrett umfasst und mitleidsvoll aufschaut zu seinem Erlöser. Auch hier begegnen sich die Blicke, wie sie sich trafen bei dem Bilde der zu Emmausjüngern erhobenen Ordensleute. Aber wie verschieden klingt ihre Sprache! Der scheidende Erlöser hat die letzten Strahlen der brechenden Augen auf Dominicus gerichtet, um sie dann für dies Leben zu schliessen.

Manche bewundern die anatomisch richtige Zeichnung des Knochengerüstes und seiner fleischigen Umhüllung, der Rippen und Muskeln, der Hände und Füsse, die Vortrefflichkeit des Faltenwurfes im Schurztuch des Herrn und in den Gewändern jenes knieenden Heiligen. Sie haben recht, aber das alles war dem Fra Giovanni nur Mittel; Zweck war ihm, durch das

[1] Ein ähnliches Bild des hl. Benedikt malte Fra Giovanni über einer Thüre des Kreuzganges der Badia zu Florenz (*Vasari* II [ed. Milanesi] 514, annot. 1).

Beispiel des hl. Dominicus zu zeigen, wie seine Ordensgenossen den Gekreuzigten ansehen, bemitleiden und lieben sollten. Seelenvolle Erfassung der Idee hat er gesucht und erreicht. Der leidende Sohn Gottes hängt da in Schmerzen; aus den Wunden rinnt sein Blut über den Stamm des Holzes der Schmach bis auf die Erde: aber seine Haltung bleibt edel und einfach. Nicht die Schwere des müden Körpers beherrscht seine Gestalt, sondern die freiwillige Hingabe in den Tod voll allumfassender Liebe. Einfach und schlicht erhebt sich die Gruppe in verhältnissmässig grossem Raum; Beiwerk, Nebenpersonen, symbolische Figuren, deren das hohe Mittelalter bedurfte, sind hier überflüssig. Das Bild ist wie einer jener kleinen und tiefen Sätze, in denen der Aquinate eine Fülle gründlicher Wahrheiten bietet.

Und doch verschmähte Angelico nicht immer jene Nebenfiguren und Mittel, welche die Kunst des Mittelalters fand und anwendete, um ein Geheimniss des Glaubens nach allen Seiten hin zu erläutern. Das beweist nur wenige Schritte weiter die von ihm gemalte grosse Kreuzigung, welche im Kapitelsaale die ganze hintere Wand einnimmt. Da sie oben an das Gewölbe, unten an die Rücklehne der Bänke anstösst, füllt sie einen grossen Halbkreis. Hoch erhebt sich in der Mitte das Kreuz. Sein in lateinischer, griechischer und hebräischer Sprache geschriebener, breiter Titel bezeugt, wie damals die humanistischen Studien zu Florenz blühten und wie der Maler dem Text der Heiligen Schrift folgt. Die Figur des Herrn ist wiederum innig aufgefasst und vornehm geschildert. Die Kreuze der Schächer sollen vor demjenigen des Herrn zurücktreten; sie sind darum niedriger gebildet und schräg gestellt. Zur Rechten hat die Busse dem Haupte des reuigen Schächers den Heiligenschein erworben und seinen Zügen fast alle Merkmale des Lasterlebens genommen. Die Roheit des

mit geöffnetem Munde in Verzweiflung sterbenden Räubers vermochte Angelico nicht erschöpfend zu schildern: sein frommes Gemüth konnte sie nicht empfinden, also auch nicht wiedergeben. Hätte er es vermocht, er würde doch vielleicht sein Können eingeschränkt haben, um nicht einen Misston in die Stimmung des Ganzen zu bringen. Um das Kreuz lässt er ein breites Band gehen, das italienischen Wandmalereien fast nie fehlt und ihnen als reicher Rahmen dient. In dieser bandartigen Umrahmung stellt er zwischen fein stilisirten Laubzügen elf Quadrate über Eck und in letztere kleine Brustbilder mit Schriftbändern. Unten zur Rechten sagt der Areopagit: „Deus naturae patitur" (Der Gott der Natur leidet), ihm gegenüber die erythräische Sibylle: „Morte morietur, tribus diebus sonno [somno] susceptus; trino [tertio] ab inferis regressus ad lucem veniet primus" (Sterben wird er des Todes, drei Tage vom Schlafe übermannt sein; am dritten wird er, aus der Unterwelt zurückgekehrt, als erster zum Lichte kommen). Darin liegen Anfang und Ende des Leidens. Die Einzelheiten desselben beschreiben acht Propheten:

Daniel: „Post hebdomadas VII et LXII occidetur Christus" (Nach 7 und 62 Wochen wird Christus getödtet werden). Zacharias: „His plagatus sum" (Durch sie bin ich geschlagen). Der Patriarch Jakob: „Ad praedam descende, fili mi! Dominus accubuit ut leo" (Zur Beute steige herab, mein Sohn! Der Herr legte sich hin gleich einem Löwen). David: „In siti mea potaverunt me aceto" (In meinem Durste tränkten sie mich mit Essig). Isaias: „Vere languores nostros ipse tulit et dolores nostros" (Wahrlich, unsere Krankheiten hat er getragen und unsere Schmerzen). Jeremias: „Omnes, qui transitis per viam, attendite et videte, si est dolor sicut dolor meus" (Alle, die ihr des Weges gehet, achtet und sehet, ob ein

Schmerz ist wie mein Schmerz). Ezechiel: „Exaltavi lignum h[um]ile" (Ein niedriges Holz erhöhte ich). Job: „Quis det de carnibus eius, ut saturemur?" (Wer gibt von seinem Fleische, damit wir uns sättigen?)

Oben im mittlern Quadrat nährt ein Pelikan seine Jungen mit seinem Herzblute. Dabei steht die Inschrift: „Similis factus sum pelicano solitudinis" (Ich bin gleich geworden dem Pelikan der Einöde). Ihm gegenüber liegt unter dem Kreuze ein Schädel, das Bild des Todes, von dem das herabfliessende Blut des durch den Pelikan versinnbildeten Herrn uns befreit.

All diese Inschriften geben die Grundgedanken, mittels deren die Betrachtung des Gekreuzigten zum Mitleid anregen soll. Was thut nun Fra Angelico, um diesen Schriftworten ihre Wirkung zu sichern? Er stellt unter das Kreuz zwanzig Heilige, lässt sie zum Gottessohne aufsehen, seine Schmerzen erwägen, beweinen, ja sich bereit erklären, mit ihm zu leiden und für ihn zu sterben. Da ist zur Rechten des Gekreuzigten die Gottesmutter mit Johannes und den beiden andern Marien, Johannes der Täufer, Marcus, der Patron des Klosters, mit den drei Patronen der Mediceer, der Wohlthäter und Stifter dieses Klosters: Laurentius, Cosmas und Damian. Zur Linken sind versammelt die grossen Vertreter des Ordenslebens: Dominicus, Ambrosius mit Hieronymus und Augustinus, Benedikt, Franciscus und Bernardus, der hochbetagte Romuald, Gründer des zwischen Florenz und Arezzo gelegenen Klosters Camaldoli, dem Angelico durch seinen Freund Lorenzo Monaco nahestand, und Giovanni Gualberto, Stifter des wenige Stunden von Fiesole entfernten Klosters Vallombrosa, endlich die Dominikaner Petrus Martyr und Thomas von Aquin.

Doch sehen wir näher zu, wie diese Heiligen charakterisirt sind. Zwischen dem Kreuz des guten Schächers und jenem des Herrn wird seine Mutter vom Mitleid überwältigt. Entkräftet neigt sie ihr Haupt, sie lässt die ausgebreiteten Hände sinken, die rechts und links von Johannes und Maria Salome unterstützt werden. Magdalena kniet vor ihr hin und hält sie aufrecht. Neben dieser Gruppe kniet Marcus; mit ernstem Blick schaut er aus dem Bilde heraus auf den Beschauer hin; mit der Hand auf sein geöffnetes Buch zeigend, will er daran erinnern, dass hier im Gemälde der Hauptinhalt seines Evangeliums geschildert wird. Neben ihm steht Johannes der Täufer; er weist hin auf das Lamm Gottes, das am Kreuze hängt. Weiterhin nach rechts verehrt Laurentius mit aufwärts gefalteten Händen in innigem Gefühl den Gekreuzigten; neben ihm legt Cosmas seine Finger ineinander, voll Staunen über solches Leiden, während Damian sich abwendet, sein Antlitz in beide Hände verbirgt und tief gebeugt weint.

Auf der andern Seite, zur Linken des Gekreuzigten, kniet Dominicus an der Spitze der Heiligen. Diesmal umfasst er nicht das Kreuz, aber wie früher schaut er auf zum Herrn und erhebt im Affect des Schreckens und der tiefsten Trauer beide Hände voll Mitleid und Erstaunen. Nachdenkend schaut Thomas von Aquin zum Erlöser empor; zwischen ihm und dem hl. Dominicus stehen mit ernster Miene im Hintergrund Romuald und Benedikt, Augustin und Ambrosius. Vor ihnen knieen Hieronymus, Franciscus, Bernardus, Gualberto und Petrus Martyr. Ambrosius zeigt wie der ihm gegenüber stehende Täufer auf den Heiland und wendet sich dabei zu Hieronymus, der zum Messias aufblickt und mit gefalteten Händen betet. Hinter ihm legt Franciscus trauernd seine Rechte an die Wange. Aus seinen Wunden in Händen und Füssen und in der Seite brechen Strahlen hervor, Zeichen seiner brennenden Liebe zum

Kreuz, dessen Bild er in der Linken hält. Johannes Gualbertus erhebt die Linke zum Auge, um seine Thränen zu trocknen; Petrus Martyr, der letzte in der Reihe der auf dieser Seite Knieenden, legt die Hände auf die Brust, opfert sich auf zum Martyrtode und betrachtet mit sehnsüchtigem Blicke den sterbenden Erlöser.

So sind alle Stufen des Mitleides geschildert, angefangen vom seelenvollen Verständniss dieses Opfertodes bis zu Thränen und bis zum tiefsten Kummer, bis zur Selbstopferung und bis zum Verlust des Bewusstseins. Und doch ist in allem Mass gehalten. Ausgeschlossen ist jede an Verzweiflung erinnernde Gebärde, krampfhaftes Ringen der Hände, Aufheben der Arme zum Himmel, um von ihm Hilfe oder Rache zu erflehen. Maria liegt nicht hilflos am Boden, sie bleibt stehen.

Wie fein sind die Personen gruppirt! Die drei Marien bilden mit Johannes eine fest geschlossene Gruppe an der Ehrenstelle, rechts, dicht beim Kreuz. Ihnen folgen zuerst die ihnen auch zeitlich nahestehenden Heiligen Johannes der Täufer und Marcus, dann die Patrone des Klosters und seiner Stifter. Dabei sind Cosmas und Damian zusammengestellt in gleicher Kleidung. Zur Linken kniet Dominicus an der Spitze der Ordensheiligen; denn es handelt sich um ein Bild in seinem Hause; aber seine Söhne, Thomas und Petrus Martyr, geben den andern den Vortritt. Die drei Kirchenväter bilden eine Gruppe, worin Ambrosius als ältester an erster Stelle steht, Augustinus als geistiger Sohn folgt. Hieronymus kniet im Vordergrund in der Tracht eines strengen Büssers, ein durch Fasten und Abtödtung abgehärmter, im Dienste Gottes ergrauter Greis.

Theilweise Uebermalung hat leider dem herrlichen Gemälde, wie dem Bilde über der Thüre des Fremdenzimmers, seine Farbenharmonie genommen. Scheint doch bei letzterem das alte Kreuz des Nimbus Christi noch durch die Uebermalung. Sein Querbalken stand nicht, wie dies jetzt der Fall ist, horizontal, sondern war den beiden Einladenden zugeneigt. Im grossen Bilde des Kapitelsaales gaben Restauratoren dem Hintergrund statt des ursprünglichen Blau ein die Gesamtwirkung störendes Roth. Das harte Grün im Mantel des hl. Ambrosius, das böse Blau im Mantel Marias, die schweren Muster in der Dalmatica des hl. Laurentius, das ungemilderte Grün im Kleide der Maria stützenden Magdalena, ja ihre ganze Stellung sind verdächtig. Auch die tiefen Schatten im Antlitz des Johannes und das breite Gesicht des hl. Ambrosius stören. Haben sich die Farben verändert oder ist eine grobe Hand mit ihrem Pinsel hier thätig gewesen? Wie dem auch sei, das Ganze bleibt erhaben über jede zersetzende Kritik.

Unter dem Bilde sind in siebzehn Kreisen das Brustbild des hl. Dominicus und zu dessen Rechten und Linken je acht seiner heiligsten Söhne gemalt. Man sieht auf der linken Seite den Papst Benedikt XI., den Cardinal Johann Dominici, die seligen Bischöfe Peter della Palude und Albert den Grossen, den hl. Raimund von Pennaforte, den seligen Chiaro da Sesto, den hl. Vincenz Ferrer und den seligen Martyrer Bernhard; zur Rechten den Papst Innocenz V., die Cardinäle Hugo und Paul von Florenz, den heiligen Erzbischof Antonin und die seligen Giordano von Sachsen, den zweiten General des Ordens, Nikolaus, Remigius von Florenz sowie den Martyrer Buoninsegna. Die canonisirten Heiligen haben einen Nimbus, die Seligen einen Strahlenglanz. Auch in dieser Reihe sind Retouchen deshalb sicher, weil ja der hl. Antonin erst 1459, Fra Angelico aber bereits 1455 starb, letzterer also seinen Obern hier nicht als Heiligen malen konnte.

Neben diesem grossen Kreuzesbild des Kapitelsaales und dem kleinen des Klosterganges hatte der fromme Bruder im Refectorium von S. Marco eine Kreuzigung gemalt, die leider 1534 zerstört wurde. Dann hat er die Kreuzigung in den Zellen des obern Stockwerkes noch siebzehnmal in immer neuer Art wiederholt [1]. Das reichste Bild ist jenes der 37. Zelle, worin Fra Bartolomeo della Porta, der zweite grosse Maler des Ordens, betete und arbeitete. Christus hängt zwischen den Schächern; neben ihm stehen Maria und Johannes. Letzterer stützt mit grossem Gefühlsausdruck sein geneigtes Haupt mit der Rechten und legt die Linke trauernd an die Wange. Der hl. Dominicus breitet seine Hände weit aus und schaut auf zum Herrn; hinter ihm steht der hl. Thomas von Aquin. Nur vier Personen umgeben den Gekreuzigten in drei weitern Zellen. In der 4. stehen Maria und Johannes zur Rechten des Kreuzes, von dem Blutströme zur Erde rinnen. Zur Linken kniet der hl. Dominicus; hinter ihm steht der hl. Hieronymus in kurzem Büsserkleid und mit einem Buche. Den Hintergrund bilden Berge und ein dunkler Himmel. In der 23. Zelle sitzt Maria unter dem Kreuze; St. Dominicus kniet ihr gegenüber, oben erscheinen am dunkeln Himmel zwei Engel. Auf dem Bilde der 43. Zelle sinkt Maria zur Rechten auf die Kniee hin, wird aber von Johannes und Magdalena gestützt, während links der hl. Dominicus weinend die Hand vor die Augen hält. In der 42. Zelle schaut Johannes erschreckt zu, wie der Soldat Christi Seite durchbohrt; Maria wendet sich ab, mit beiden Händen ihr Gesicht verhüllend. Auch Marthas Gesicht ist unsichtbar, der Beschauer sieht nur ihren

---

[1] Ein Bild des Gekreuzigten, zu dessen Füssen die hll. Dominicus und Franciscus knien, befindet sich nach Vasari (ed. Milanesi II, 512, annot. 2) im Oratorio di Sant' Ansano zu Florenz.

Rücken; der hl. Dominicus aber betet knieend den Herrn an. Drei Personen, Maria, Magdalena und Dominicus, zeigt das feine Bild der 25. Zelle; nur zwei finden wir in der 29. und 30., zur Rechten Maria sitzend, zur Linken Dominicus knieend. Die höchsten Affecte sind geschildert in jenen Zellen, worin nur eine Person beim Gekreuzigten dargestellt ist. In der 22. sitzt Maria trauernd vor dem Kreuze; in der 15. bis 21. aber ist der hl. Dominicus in steigender Gefühlserregung beim Kreuze dargestellt; er umfasst es in der 15., in der 16. und 17. betet er aufschauend zum Gekreuzigten, in der 18. kreuzt er seine Arme über die Brust, in der 19. hält er weinend seine Hände vor das Gesicht, in der 20. geisselt er sich vor dem Kreuze mit eisernen Ketten, in der 21. breitet er in höchster Liebe seine Hände aus. Eine authentische Erklärung all dieser Bilder findet man bei einem im obern Stockwerk auf die Wand des Ganges gemalten Bilde von 2,37 m Höhe und 1,25 m Breite; seine Unterschrift gibt folgende, oft irrthümlich dem hl. Bernhard zugeschriebenen Verse:

Salve, mundi salutare,
Salve, salve, Jesu chare,
Cruci tuae me aptare
Vellem vere, tu scis quare;
Praesta mihi copiam.

Sei gegrüsset, Welterneurer!
Sei gegrüsset, Jesu, theurer!
Wie ich möchte voll Verlangen,
Weisst du, dich am Kreuz umfangen!
O wolle selbst dich mir verleihn [1].

Diese dem hl. Dominicus in den Mund gelegten Worte beweisen, dass alle jene Bilder nicht nur als Decorationsstücke dienen sollten zur Ausstattung der kleinen Zimmerchen, worin

---

[1] Uebersetzung von *Lebrecht Dreves*, Lieder der Kirche (2. Aufl.) S. 142. Der gewöhnliche Text des fünften Verses lautet: Da mihi copiam.

arme Brüder wohnten, sondern eine tiefernste Predigt liefern wollten. Da glaubwürdige Zeugen erzählen, man habe gesehen, wie der hl. Antonin im Gebete vor einem Kreuzesbild hoch in der Luft schwebte, muss die Andacht zum Gekreuzigten in S. Marco eifrig gepflegt worden sein. Dass Fra Angelico durch seine Bilder ihr diente und sie förderte, kann demnach nicht auffallen.

Das obere, 1867 zum Museum eingerichtete Stockwerk von S. Marco umfasst drei Seiten des im Viereck erbauten Klosters; die vierte wird durch die Kirche gebildet. In dem der Kirche gegenüber liegenden Seitenflügel finden sich zu beiden Seiten eines Ganges links die Zellen 1 bis 11, rechts 22 bis 30. Der folgende Flügel liegt in der Flucht der Kirchenfassade. Er hat links Fenster, welche von der Strasse her Licht geben, rechts aber die Zellen 15 bis 21, deren Zählung am Ende des Ganges beim Zimmer des Savonarola beginnt. Der gegenüber liegende, über dem Kapitelsaal befindliche Flügel hat zur Linken die Zellen 31 bis 37, zur Rechten die Zellen 38 bis 44, den Eingang zur Bibliothek und die Thüre der von unten hinaufführenden Treppe.

Wer in diese obern Räume eintritt, muss eingedenk sein, dass sie durch vier Jahrhunderte fast allen Fremden unzugänglich und darum fast unbekannt waren; mehr noch, dass all ihre Bilder nicht für das grosse Publikum, sondern für die hier wohnenden Dominikaner gemalt sind. Hier tritt der Geist des Malers und der seines Ordens, welcher ihm das Malen zur Lebensaufgabe bestimmte, klar und sicher hervor. Man muss darum diese Bilder aus dem damals im Orden und besonders in S. Marco herrschenden Geist heraus erklären. Das ist der einzig richtige Weg zum vollen Verständniss ihres Inhaltes.

Der Besucher findet zuerst der Treppe gegenüber ein 2,16 m hohes und 3,20 m breites Bild

der Verkündigung. Wie das Mittelalter die Verkündigung, das Geheimniss des Anfanges der Erlösung und des Eintrittes des Heilandes in diese Welt, an den Eingang der Kirchen und des Chores stellte, so malte Fra Angelico die Verkündigung dort, wo man zu den Wohnungen seiner Ordensbrüder gelangt, wo die Reihe der Zellen beginnt.

Da sitzt Maria, fast in Lebensgrösse, mit blondem, lang herabfallendem Haare, in einfachem dunklem Mantel und hellrothem Kleide auf einem ärmlichen Schemel vor ihrer Zelle, der ein kleines, vergittertes Fenster spärliches Licht spendet, wie dies ehedem in allen Zellen von S. Marco der Fall war und grösstentheils noch ist (Bild 14). Zur Seite fällt der Blick auf eine blumige Wiese. Sie ist durch eine hohe hölzerne Bretterwand gegen einen Wald abgeschlossen, um daran zu erinnern, dass diese Jungfrau einem verschlossenen Garten gleich sei. Darum konnten hier nicht, wie in den beiden Bildern von Cortona und Madrid, die Stammeltern dargestellt werden. Ueber Maria wölbt sich ein Theil einer auf Säulen ruhenden Halle. Auch diese Halle, welche die Einfachheit der Bauwerke der Frührenaissance mit deren reinen Verhältnissen, deren Grossräumigkeit und Würde vereint, ist nicht zufällig hier angebracht; denn in Florenz besassen damals alle bedeutendern Häuser ihre Hallen, in denen Besuche empfangen und wichtige Geschäfte abgewickelt wurden[1]. Der Engel ist in dieselbe eingetreten, um seine Botschaft auszurichten. Seine Flügel sind noch halb erhoben,

---

[1] A. v. Reumont, Lorenzo de' Medici I, 66. Auf deutschen Bildern jener Zeit tritt der Engel immer in ein behäbig eingerichtetes Zimmer, theils weil man im Norden sich weniger im Freien aufhielt, theils weil Bonaventura nach Ambrosius und im Anschluss an Luc. 1, 28 („Ingressus Angelus ad eam") das Geheimniss ins Innere des Hauses verlegte.

als ob er eben erst aus himmlischen Höhen niedersteigend den Boden betrete. Sie glänzen in Gold und in vielen Farben und stehen so in Gleichklang zu jener blumigen Au, über welcher sie sich theilweise ausbreiten. Das Kleid des Himmelsboten ist weit glänzender als jenes der demüthigen Jungfrau. Bei ihrem Anblick beugt er das rechte Knie. Er legt voll Innigkeit beide Arme auf die Brust, spricht voll Bewunderung und Liebe sein Ave und sieht ihr dabei fragend ins Antlitz.

Sie legt ebenfalls beide Hände über die Brust, verneigt sich und antwortet: „Siehe, ich bin eine Dienerin des Herrn." Die gleiche Bewegung der Hände bei beiden Figuren, ihre gleiche Grösse, dadurch erreicht, dass der Engel sein Knie beugt und die Gottesmutter sitzt, die gegenseitige Neigung des Hauptes und das gegenseitige Ansehen, die Einfachheit des Faltenwurfes hier wie dort, das alles gibt dem Bilde eine grosse Einheit, welche durch die Halle und den geschlossenen

Bild 14. Verkündigung.
Im Kloster S. Marco zu Florenz.

Garten noch erhöht wird. Wohl steht eine Säule wie trennend zwischen beiden Figuren; da aber über jeder ein Rundbogen sich wölbt und die im Hintergrund erscheinenden Gewölbe in ihrer perspectivischen Verengung beide Bogen zusammenzurücken scheinen, dient auch die Architektur schliesslich zur Zusammenfassung der Scene.

Mit Recht werden zur Illustration dieses Frescobildes Dantes Verse (Fegfeuer X, 34 ff.) angeführt:

Der Engel, der auf Erden die Gewährung
Des viele Jahr' erweinten Friedens brachte,
Drob sich nach langem Bann der Himmel aufthat,
Erschien vor unsern Blicken, so getreulich
Hier eingehaun in liebevoller Stellung,
Dass man ein schweigend Bild zu sehn nicht meinte,
Man hätte schwören mögen, er sag': Ave;
Denn hier war jen' im Bild auch, die den Schlüssel
Gedreht, die höchste Lieb' uns aufzuschliessen,
Und ausgeprägt im Aeussern trug die Worte:
„Ecce ancilla Dei", so unverkennbar
Sie, wie sich eine Form ausdrückt in Wachse.

Ebenso schön passen dazu die Verse des „Paradieses" (XXXII, 109 ff.):

> Lieblichkeit und Kühnheit,
> Wie sie in Engel oder Seele sein kann,
> Ist ganz in ihm — und dass sie's sei, gefällt uns. —
> Drum ist er's, der die Palme zu Maria
> Herabgetragen hat, als der Sohn Gottes
> Mit unsrer Bürde sich belasten wollte.

S. Marco besitzt eine zweite Verkündigung in der Zelle 3. Auch bei ihr vollzieht sich der Vorgang in einer offenen Halle; beide Personen legen wiederum ihre Arme gegen die Brust, aber diesmal kniet Maria frei auf einem kleinen Schemel. Sie hält in einer Hand ein geöffnetes Buch, schaut fragend zum Engel hin und beugt sich etwas nach vorne. Der Engel schwebt noch, indem er den Boden eben mit seinem langen Kleide berührt. Er erhebt drei Finger nach oben, um die Worte zu begleiten: „Der Heilige Geist wird über dich herabkommen." Hinter ihm steht, ausserhalb der Halle, der hl. Dominicus; mit aufrecht zum Gebet gefalteten Händen betrachtet er das Geheimniss.

In diesen beiden Bildern der Verkündigung ist die Inschrift, welche noch in der Tafel von Cortona nach alter Sitte aus des Engels Mund hervorging, weggefallen. Auch die Zeichnung ist vervollkommnet. Der Maler hatte sich in den zwanzig Jahren, welche zwischen diesen Gemälden liegen, in Einzelnheiten vervollkommnet.

Das Bild der Geburt Christi in der Zelle 5 verräth eine schwerere Hand (Bild 15). Das Kind liegt auf dem Boden; neben ihm knien betend Maria und Joseph, der hl. Petrus Martyr und die hl. Katharina. Vielleicht ist es vom Seligen entworfen, aber von einem andern ausgeführt.

Eine vollkommene, leider retouchirte Arbeit ist die schöne Opferung Christi in der Zelle 10. Der greise Simeon hält das bis zum Halse in Windeln gewickelte Kind in seinen Armen, lässt es aufrecht am Herzen ruhen und betrachtet es liebevoll, indem er ihm die Rechte aufs Herz legt. Maria steht neben dem Greise und streckt beide Hände nach ihrem Sohne aus, um ihn zurückzunehmen; Joseph hält zur Auslösung einen Korb mit zwei Tauben hin. Rechts und links knien der hl. Petrus Martyr und die hl. Katharina von Siena. Alle Kleider haben in diesem Bilde zahlreiche gerade herabfallende Falten, welche bei den schlanken Gestalten fast keine Formen der Körper erscheinen lassen. Da die drei Hauptfiguren voneinander getrennt sind und auch die beiden an den Seiten knieenden sich frei abheben, entstehen starke verticale Linien, welche in den von Joseph und Maria gleichmässig horizontal vorgestreckten Händen ein Gegengewicht erhalten. Das Ganze ist wunderbar einfach, ruhig und klar; aller Augen sind auf das unscheinbare Wickelkind gerichtet, aller Ausdruck redet voll Ehrfurcht von dessen geistiger Grösse.

Weniger bedeutend sind in Zelle 24 die Taufe Christi, bei der rechts zwei die Gewänder haltende Engel, links Maria und Dominicus knien [1] (Bild 22, S. 49); in Zelle 32 und 33 ein Bild, das oben darstellt, wie der Herr versucht, unten, wie er von Engeln bedient wird, die Bergpredigt und die Gefangennehmung.

Tief sinnig ist in der Zelle 6 die Verklärung zu dem Lieblingsthema der Kreuzigung dadurch in Beziehung gesetzt, dass der Herr mit kreuzweise ausgestreckten Armen gross und hoch auf einem Felsen steht, von Licht umflossen

---

[1] Nach *Rio* II, 363 könnte die bei der Taufe vor dem hl. Dominicus knieende Heilige nur die noch nicht canonisirte hl. Katharina von Siena sein. Dieselbe Figur kehrt öfter wieder, z. B. bei der Verklärung, beim Abendmahl, bei der Kreuztragung u. s. w.

und hell gekleidet. Alle andern Personen sind ziemlich weit von ihm entfernt; unten knien Petrus, Johannes und Jacobus, zu beiden Seiten Maria und Dominicus, nur zur Hälfte hinter dem Rahmen hervorkommend. Ueber ihnen sieht man in Wolken die Köpfe des Moses und des Elias. In ganzer Figur konnte der Maler sie nicht geben, weil er dadurch gezwungen worden wäre, entweder seine Bildfläche übermässig zu vergrössern oder auf die schöne Darstellung Christi zu verzichten. Ein Vergleich mit Peruginos Verklärung im Cambio zu Perugia und

Bild 15. Die Geburt Christi.
Im Kloster S. Marco zu Florenz.

mit Raffaels Verklärung im Vatican drängt sich unwillkürlich auf. Ersterer lässt Christum auf Wolken stehen, Moses und Elias auf solchen knien; Raffael malt alle drei schwebend und hat sich dadurch, obwohl die Heilige Schrift nichts von einem Schweben sagt, ein Problem gestellt, das er in unübertroffener Meisterschaft löst. Bei beiden liegen die Apostel voll Schrecken auf dem Boden, geblendet und überrascht; der Herr aber erhebt seine Hände leicht gegen den Himmel. Die malerische Kunst ist sicher in Peruginos Entwurf grösser, in Raffaels letztem Werke vollkommener; aber an Tiefe und Innigkeit steht Fra Angelicos einfaches Bild höher.

Es verhält sich fast zu den andern wie der schmucklose Bericht der Evangelisten zu einem kunstvollen Epos.

Im Abendmahle der Zelle 35 geht Fra Angelico andere Wege als Leonardo da Vinci. Im berühmten Bilde des letztern ist, wie bei so vielen spätern Darstellungen, der Schrecken der Apostel bei der Weissagung über den Verräther das leitende, malerisch überaus dankbare Motiv. Der Dominikaner schildert nicht die Einsetzung, sondern die Spendung der heiligsten Eucharistie, und zwar in naiver Weise (Bild 16). Der Abendmahlstisch folgt der Form eines rechten Winkels mit einer kürzern und einer längern Seite; bei der kürzern sitzen drei, bei der andern fünf Apostel hinter dem Tisch. Christus sass hinter der längern Seite, in der Mitte und zwischen Petrus und Johannes, hat aber seinen Platz verlassen und geht mit einem Kelche, worauf eine Patene mit Hostien liegt, vor dem Tische von einem Apostel zum andern. Die drei Apostel an der kleinen Seite und Petrus haben schon die Communion empfangen; jetzt spendet er sie dem Johannes. Offenbar soll dies an die Liebe erinnern, welche ihn bei der Einsetzung leitete. Wie die verlassenen, vor dem Tisch stehenden Stühle zeigen, sassen vier Apostel dem Johannes und den drei folgenden Jüngern gegenüber. Sie sind aufgestanden und knien in der Ecke zur Linken. Ihnen gegenüber kniet rechts Maria. Alle erwarten mit aufrecht gefalteten Händen den Empfang des heiligsten Sacramentes. Die acht am Tisch sitzenden Apostel geben durch Körperhaltung, durch die verschiedenste Bewegung der Hände und durch ihre Mienen Bewunderung und Andacht, Liebe und Verlangen kund. Alle Apostel haben einen Nimbus; aber das Gesicht eines derselben ist in der Gruppe der Knienden durch die Köpfe und Nimben der andern unsichtbar gemacht. Es ist Judas, dessen

Bosheit also hier verborgen wird, um den Eindruck des feierlichen Vorganges nicht abzuschwächen.

Technisch hat das Bild des Abendmahles manche Mängel. Vielleicht stammt wiederum die Ausführung von Schülern und Genossen. Man ist bei einzelnen Aposteln nicht sicher, ob sie hinter dem Tische sitzen oder stehen; des Herrn Füsse sind so weit von Johannes entfernt, dass er ihm unmöglich mit seinen Händen die Communion zu reichen vermag, was er doch thun will. Zu einem Vorwärtsschreiten aber sind die Füsse nicht gestellt. Ghirlandajos Abendmahl unten im grossen Speisesaal von S. Marco hält sich von solchen Fehlern frei, hat auch schöner durchmodellirte Köpfe. Aber schon bei ihm ist die Weissagung des Verrathes Leitmotiv, obgleich nicht abzusehen ist, wozu gerade sie in ein Refectorium zu malen sei. Seine Inschrift, laut welcher der Herr den Aposteln die Theilnahme beim himmlischen Mahle verspricht, steht mit der Darstellung nicht im Einklang.

Die Gegenwart der Gottesmutter scheint im Bilde des Fra Angelico den strengern Anforderungen eines geschichtlichen Bildes oder wenigstens der treuen Illustration der evangelischen Berichte zu widersprechen. Sie erklärt sich aber durch den von ihm für diese Zellen mit Recht eingenommenen mystischen Standpunkt und entspricht den Grundlagen, worauf der hl. Bonaventura seine schönen Betrachtungen des Lebens Christi aufbaut. Wenn auch Maria damals nicht das heiligste Sacrament aus den Händen ihres Sohnes empfing, ist sie hier am Platze, um die Gefühle zu schildern, mit welchen sie das Geheimniss gefeiert haben würde, und die Andacht, welche wir haben sollen, insoweit wir können. Auch die heiligen Personen, welche in so vielen Bildern zu S. Marco das Kreuz umstehen oder bei Ereignissen aus Christi Erdenwallen als theilnehmende Zeugen erscheinen, sollen gleichsam eine Vermittlung bilden zwischen dem Zuschauer und der Hauptperson des Gemäldes, sollen in unsern Herzen durch ihr Beispiel jene Anmuthungen erregen, die der Maler beabsichtigt. Fra Angelico bezweckt mittels solcher Personen dasselbe, was der hl. Ignatius, alten frommen Erzählungen folgend, in seinem Exercitienbüchlein sucht, indem er bei Christi Geburt eine kleine Dienerin einführt, deren Geschäft es war, den Personen der heiligsten Familie zu folgen: sie soll bei Erwägung des Weihnachtsgeheimnisses

dem Betrachtenden gleichsam als Führerin dienen. Führich hat diesen Gedanken in seinem „Bethlehemitischen Weg" in glücklicher Art verwerthet und sagt zur Erläuterung seiner Zeichnungen: „Das Titelblatt zeigt uns zur Linken die Kunst, welche uns einladet, ihr in der Betrachtung des bethlehemitischen Weges zu folgen. Diesem Rufe nachkommend, erhebt sich zur Rechten die Anima meditans oder die betrachtende Seele und greift zum Pilgerstabe, um diese heilige Wanderung anzutreten. Wir finden diese Figur in der Folge auf jedem Bilde wieder, und

Bild 16. Das heilige Abendmahl.
Im Kloster S. Marco zu Florenz.

sie ist gewissermassen das Symbol dessen, was wir fühlen bei dem Anblick eines so rührenden und erhabenen Schauspieles, wie es uns die Kindheit Jesu darbietet."

Wenn Fra Angelico diese Aufgabe, auszudrücken, was wir fühlen sollen, Maria zuweist, die wie kein anderer Mensch Christum verstand, und dem hl. Dominicus, dem Lehrmeister seiner Ordensgenossen, welche diese Zellen bewohnten, so war das jedenfalls ein glücklicher Gedanke.

„Hinsichtlich der Ausführung erscheinen diese Zellenbilder fast ohne Ausnahme wie leichte Improvisationen, ohne einzelne Studien und besondere Vorbereitungen aus der Fülle des Herzens und der Phantasie mit Pinsel und Farbe (und zwar al secco, nicht al fresco!) an die Wand geschrieben. Es sind Liebesgaben seiner Kunst an seine Zellengenossen, ein stetes frommes Memento zu stets sich erneuernder Andacht, wobei er wahrscheinlich die Beziehungen derselben zu ihren besondern Schutzpatronen [oder Andachtsübungen] im Sinne gehabt hat." [1]

---

[1] *Förster*, Geschichte III, 206.

Seine Farben sind in den Tafelbildern ungleich kräftiger als in den Gemälden der Zellen. Alles ist in letztern leichter behandelt, jedes Bild vergleichbar einer leicht colorirten Zeichnung, worin nur die entscheidenden Momente betont wurden. Die Tafelbilder zeigen dagegen fleissige, ausdauernde Arbeit zur sorgsamen Durchmodellirung mittelst der verschiedensten Töne. Gleichwie manche Miniaturisten in voller Würdigung des weichen, lebenswahren Tones ihres feinen Pergamentes dieses durchschimmern lassen, so gibt Fra Angelico der weissen Farbe oder seinem hellen Grunde oft eine derartige Wirkung, dass man an jene Illuminatoren erinnert wird.

In der 34. Zelle [1] hat er seinem Grundgedanken eine neue, recht zutreffende Form verliehen. Oben in der rechten Hälfte des Bildes betet der Herr kniend, während der Engel ihm den Kelch zeigt und reicht; unten schlafen die drei Jünger in einer schönen, im Dreieck angelegten Gruppe. In der linken Abtheilung aber sitzen in einer gewölbten Zelle zwei trauernde Frauen auf der Erde: Maria, welche in einem Buche liest, und Martha, welche mit gefalteten Händen zuzuhören scheint. So erfüllen beide das Wort des Herrn: „Wachet und betet!" während die auserwählten Apostel der Schwäche der menschlichen Natur nachgeben. Wie also Christus das Vorbild gibt, die Apostel eine Warnung sind, zeigen jene heiligen Frauen wiederum, was der Beschauer zu thun habe.

Die überall in diesen Zellenbildern verfolgte Absicht der Anregung zur Liebe und Nachahmung Christi bewogen den Künstler, in der

---

[1] Abbildung bei *Förster*, Leben. Taf. 8. Dort fehlen die Inschriften in allen Nimben. „S. Jacobus. S. Johannes. S. Petrus. Sancta Maria. S. Marta." Als spätere Zuthaten darf man sie nicht erklären, da wenige Werke des Fra Angelico ohne ähnliche Inschriften sind. *Marchese*, Memorie 1, 253, annot.

8. Zelle bei der Verspottung des Herrn (Bild 17) die Henker nur anzudeuten. Wie er bei der Verklärung nichts mehr als die Häupter des Gesetzgebers und des grossen Propheten Israels zeigte, gibt er hier nur Köpfe und Hände der Spötter. Der Herr sitzt in weissem Kleide mit verbundenen Augen in der Mitte. Zu seinen Füssen sitzen Maria und Dominicus, erstere in tiefer Trauer, letzterer nachdenklich in einem Buche lesend: er betet die auf Christus bezüglichen Psalmen oder betrachtet mit dem Evangelienbuche die Leidensgeschichte. Zur Rechten sieht man oben einen speienden Kopf, eine den Hut abnehmende, dann eine schlagende, endlich eine den Herrn beim Haar reissende Hand; links eine Hand, die den Gottessohn schlägt, und eine andere, welche den Prügel führt.

Eine derartige, nur andeutungsweise eingeführte Misshandlung des Herrn begegnet uns auch auf dem Bilde der 26. Zelle. Dort steht der Herr in halber Figur sichtbar im Grabe und zeigt die Wunden seiner Hände. Ueber und neben ihm sieht man die Lanze, ein Rohr mit dem Schwamme, das Kreuz, die Geisselsäule sowie drei Paare Köpfe. Letztere erinnern an Judas, der Jesum küsst, Petrus vor der Magd, Christus mit verbundenen Augen, den ein Knecht anspeit. Vier Hände treten noch hinzu: eine, welche Geld in eine zweite gibt, eine schlagende und eine reissende. Im Hintergrunde erscheint der Calvarienberg. Zur Rechten des Grabes sitzt Maria, zur Linken kniet der Stifter des Predigerordens. In ähnlicher Weise ist das Bild des Lorenzo Monaco in den Uffizien (Nr. 40) ausgeführt, wo auch der Erstandene im Sarkophag steht, und um ihn Köpfe und Hände erscheinen: z. B. eine zum Schlag ausholende Hand mit einem Stabe; eine Hand, welche in jene des Judas Geld legt; eine, welche über jene des Pilatus Wasser giesst. Wir treffen so in Florenz dieselben Gegenstände, welche man um dieselbe Zeit in Deutschland häufig bei der sogen. Messe des hl. Gregor auf dem Altarbilde findet. Sie geben eine populäre Zusammenfassung der Leidensgeschichte in bildlicher Andeutung, ohne Anspruch auf künstlerische Vollkommenheit der Composition.

Aus dem Umstande, dass Christus bei der Verspottung eine durchsichtige Binde vor den Augen trägt, haben manche geschlossen, der Maler wolle andeuten, die Henker hätten dem

Bild 17. Die Verspottung des Herrn.
Im Kloster S. Marco zu Florenz.

Herrn zwar die Augen verbunden, er aber habe vermöge der Allwissenheit doch alles gesehen und gewusst, was um ihn her vorging. Ob die Erklärung nicht gesucht ist? Fra Angelico konnte das Tuch nicht so malen, dass dessen Stoff und dessen Undurchsichtigkeit hervortrat; denn dann hätte das Antlitz und somit die Figur Christi jene Grösse und Würde verloren, die er dem Leidenden immer wahrt. Wie die heutige italienische Plastik in hoher technischer Fertigkeit unter Schleier und Hüllen die Formen des Antlitzes selbst im Marmor deutlich erkennbar hervortreten lässt, hat er Christi Züge trotz der Binde behalten wollen. Im Bilde der Akademie

Nr. 6 erscheinen die Spötter in ganzer Figur
neben dem Herrn, der wiederum einen durchsichtigen Schleier trägt; aber einen gleichen hat
er auch bei der Geisselung.

In der 27. Zelle geht der Maler auf der im
vorhergehenden Bilde gewählten Bahn einen
Schritt weiter; die Henkersknechte, welche den
an die Säule gebundenen Herrn schlagen, fehlen
hier ganz; dagegen sieht man zur Linken, wie der
hl. Dominicus sich selbst geisselt, zur Rechten,
wie Maria mit ausgebreiteten Armen klagend
auf dem Boden sitzt. Die in diesem Bilde liegende Mystik ist zweifelsohne ein würdiges
Gegenstück zu jener Reihe der Kreuzesbilder,
die ja auch in einer Selbstgeisselung des hl. Dominicus gipfelt. Eine Analogie findet sie in der
geschichtlichen Thatsache, dass der hl. Antonin,
der diese Bilder entstehen sah, sich als Erzbischof von Florenz oft selbst geisselte, weil er
solcher hohen Ehre unwürdig sei. Die Männer
des 15. Jahrhunderts waren zu Florenz sehr
praktisch in Auffassung aller ihrer Lebensauf-
gaben. Das führte unter den Malern die einen
zum Uebermass des Naturalismus, den mystisch
angelegten Fra Angelico aber zu einem Idea-
lismus, der so wenig den gesunden Realismus
vergass, dass er weder das Studium der Anatomie noch die Perspective, weder die Linien
des Faltenwurfes noch die Schattenwirkung des
Lichtes verachtete, und so weit ging, einerseits
die Seligen mit den Engeln zu fröhlichem Reigentanz bei Musik und Gesang zu vereinen, andererseits in dem Leiden Christi den Beweggrund zu
den strengsten Busswerken zu finden. Wichtig
ist in dieser Hinsicht ein Brief des hl. Antonin
an Madonna Diodata dagli Adimari [1]: „Geisselung des Körpers ist nützlich, den schläferigen
Geist zu wecken und das Fleisch zu bezwingen,

namentlich in der Jugend. Aber man soll sie
nicht anwenden ohne den Rath des Beichtvaters
in betreff der Art, der Zeit und des Masses.
Dein Beichtvater sei, neben Fra Benedetto [dem
1448 verstorbenen Bruder des Fra Angelico],
falls dieser durch Alter oder Geschäft verhindert
wäre, Fra Alessandro oder Fra Lorenzo, beide
in S. Marco. . . . Willst du nach S. Marco
gehen [zur Communion], weil es ein stiller Ort
ist, so gebe ich dir Erlaubniss dazu . . . Richte
deine Gedanken auf Christi unendliche Milde
und Barmherzigkeit und sein heiliges Leiden,
das für alle zu ihm zurückkehrenden Sünder
überreichen Gnadenschatz bietet.“

Hätten unsere modernen Maler etwas mehr
christlichen Glauben und Bussgeist, dann würden
ihnen die Bilder des Gekreuzigten und seiner
Leidensgeschichte jedenfalls besser gelingen.
Jetzt erinnern sie oft mehr an Theatervorstel-
lungen als an die Berichte der Evangelisten.

Bei der Kreuztragung in der 28. Zelle
folgt Maria mit erhobenen, aber in den Mantel
verhüllten Händen dem Herrn, auf den sie fest
ihre Blicke heftet. Dominicus kniet vor ihm.
Sein offenes Buch hat er auf die Erde gelegt,
um nicht todte Buchstaben, sondern das lebendige Wort anzusehen, welches das Kreuz, ihm
zum Beispiel, auf die Schultern nahm. Da der
Herr sein Kreuz nicht schleppt, sondern so trägt,
dass er den langen Stamm vor sich hält, so
scheint es, er wolle denselben dem hl. Dominicus
auf dessen Bitten hin auf die Schultern legen. Wie
viele, die Stationen malen, könnten von Angelico
lernen, wie man mit wenigen, aber vielsagenden
Personen mehr erreicht als mit zahlreichen Gestalten; dass die Henker nicht Hauptpersonen sind,
sondern zurücktreten müssen, wo sie den Haupt-
zweck stören, den das Gemälde erreichen soll.

Das figurenreiche Bild der Annagelung
Christi in Zelle 36 schliesst sich der vom

---

[1] *A. v. Reumont*, Briefe S. 140.

hl. Bonaventura in den Betrachtungen über das Leben Christi angenommenen Ansicht an. Der Herr steht vor seinem Kreuze auf einer kleinen Leiter; zwei Soldaten sind auf grössern Leitern aufgestiegen und treiben Nägel durch seine Hände. Unten trauern Maria und Johannes; auf der andern Seite, zur Linken, stehen drei Soldaten.

Da die Kreuzigungsbilder schon eingehend erläutert sind, dürfen wir zu Christi Höllenfahrt in der 31. Zelle übergehen. Sie erinnert an die von Duccio auf der Rückwand seiner „Maie-

Bild 18. Die Grablegung Christi.
Im Kloster S. Marco zu Florenz.

stas" zu Siena gemalte. Freilich hat der Sienese in allen Bildern jener grossen Tafel mehr Personen eingeführt. Aber hier wie dort trägt Christus in der Linken die Siegesfahne, reicht er seine Rechte dem Abraham, hinter dem Adam und Eva, Moses, David und andere Altväter erscheinen. Ist es als Zufall anzusehen, dass bei Duccio der Herr an den zerbrochenen Höllenpforten vorbeischreitet und seinen Fuss auf den zottigen, zu Boden geworfenen Höllenfürsten setzt, dagegen bei Fra Angelico der Teufel unter der schweren Thüre liegt, Christus aber ihm fern bleibt und auf einer leichten Wolke sich naht, in herrlicher Gestalt, heller Kleidung und von Lichtglanz umwoben, während zwei andere Teufel erschreckt fliehen? Dies Bild gehört zu seinen besten, und die Ueberlieferung gibt ihm höhern Werth, indem sie erzählt, in dieser Zelle habe der hl. Antonin als Prior von S. Marco gewohnt. Weil er durch seine Predigten viele Sünder dem Rachen der Hölle entriss, habe sein frommer Maler ihm gerade diese Scene bestimmt und bei deren Ausführung sein bestes Können bethätigt.

Einem der Bilder den ersten Preis zuzuerkennen, ist schwer, weil viele zu ungetheiltem Lob anregen, auch die Grablegung in der 2. Zelle (Bild 18). Nicht auf der Erde liegt Christi heiligster Leichnam; denn die drei Marien setzten sich nebeneinander auf den Boden, und die Männer legten ihn in deren Schoss. Die rechte Schulter ruht am Herzen der Mutter, die Füsse liegen auf den Knien Magdalenas. Die in der Mitte sitzende Maria hebt Christi rechten Arm etwas auf, während Johannes, vor dieser Gruppe auf einem Knie niedergesunken, den andern Arm ergreift, um mit jener Maria die Hände des Todten zusammenzulegen. Die Mutter stützt das Haupt ihres lieben Sohnes mit einer Hand und hebt es etwas empor, indem sie mit der Rechten auf dessen Antlitz hinweist. Neben Magdalena steht der hl. Dominicus; voll Trauer schaut er hinab und erhebt dabei klagend seine Rechte. Nikodemus und Joseph von Arimathäa erscheinen hier nicht.

Wie traulich ist in der 1. Zelle das Bild der Magdalena! Wohl hat der Erstandene die Hacke des Gärtners leicht über die Schulter gelegt; aber Kleidung, Gang, Ausdruck und Wunden sagen der liebenden Seele: „Er ist's." Sie fand ihn, den sie suchte, ist hingesunken auf die Kniee und streckt voll Freude die Hände vor sich hin. Blumen, frische Sträucher und

hochragende Baumkronen erinnern an das Paradies. Die Umfriedung, welche im Hintergrund das Ganze umzieht, ist kein nichtssagender Gartenzaun, sondern mahnt den hier wohnenden Ordensmann an seine Clausur, die ihm Jesu Besuch bringen wird, wie Magdalena denselben durch ihre Ausdauer erlangte. Ein Zeuge des Ereignisses fehlt; denn Magdalena selbst zeigt, was der Zuschauer thun soll. Vermittler sind nur nöthig bei tiefern Geheimnissen und höhern Personen.

Eigenthümlich ist der Besuch der Frauen beim Grabe geschildert. Die Wächter sind hier ebensowenig dargestellt wie die Knechte bei der Geisselung. Gross und majestätisch sitzt der weiss gekleidete Engel da. Mit ausgestreckter Rechten sagt dieser herrliche Jüngling: „Er ist nicht hier"; mit der Linken weist er nach oben, wo das Brustbild des Erstandenen im Mittelpunkt des Gemäldes sichtbar ist [1]. Die erste der vier Frauen steht bereits hinter dem geöffneten Grabe. Sie hält die Hand über das Auge, um forschend und zweifelnd hineinzuschauen, und ist dadurch gehindert, den Erstandenen zu sehen. Die drei andern Frauen sind eben in die Grabeshöhle eingetreten. In fest geschlossener Gruppe stehen sie zögernd dem Engel gegenüber, hinter dem der hl. Dominicus kniet. Er glaubt und sieht, was den Frauen verborgen bleibt. Das Studium der Zellenbilder zeigt klar, dass Fra Giovanni bei ihrer Ausmalung viel tiefere Absichten hatte als in jenem oben beschriebenen Cyklus der Annunziata. Dort trat er als Historiker auf, hier betont er das mystische Element. Mehr noch als die auf Seite 29 mitgetheilte Unterschrift eines Kreuzesbildes ist die Unterschrift der beim

---

[1] Auch in S. Maria Novella in Florenz hat Taddeo Gaddi die Figur des Erstandenen über dem Grabe gemalt, dem drei Marien sich nahen. Vgl. *Detzel*, Ikonographie Bd. I, Fig. 191.

Eingange der Zellen gemalten Verkündigung zu beachten:

Virginis intactae cum veneris ante figuram,
Praetereundo cave, ne sileatur Ave!

(Kommst du vor der unbefleckten Jungfrau Bild, vergiss nicht, im Vorübergehen durch ein Ave sie zu grüssen!)

Im Bilde selbst steht über jenen Worten der Spruch des Adam von St. Victor: „Salve, Mater et totius Trinitatis nobile Triclinium, Maria!" (Sei gegrüsst, o Mutter und edle Wohnung der ganzen Dreifaltigkeit, Maria!)

Das Wort „Maria" ist durch häufige Küsse fast ausgelöscht. Das Bild ist so geeignet, Andacht und Liebe zu wecken, dass die in den obigen Versen ausgesprochene Mahnung fast überflüssig erscheint. Wie gerne lassen Italiener sich durch solche Bilder anregen! Rio erzählt [1] eine liebliche Anekdote, wodurch aufs schlagendste ihre Anhänglichkeit an bestimmte Heiligenbilder charakterisirt wird. Sie zeigt überdies nicht nur die poetische Schönheit jener Gefühle, sondern auch deren werthvollen Einfluss aufs praktische Leben.

Einst fuhr er an einem schönen Frühlingsmorgen durch die herrlichen Lagunen Venedigs hinaus zum ebenso einsamen als an Kunstschätzen reichen Torcello. Unweit der hoch aufsteigenden Kamine von Murano fand er ein kleines Eiland. Blühende Bäume warfen ihre Schatten über eine ärmliche Hütte. Beim Landungsplatz stand in einer Mauernische ein Madonnenbild. Vor ihm brannte eine Lampe und sah man duftige, eben gepflückte Blumen; an einer langen Stange hing ein Beutel, in den arme Fischer und geschäftige Kahnführer kleine Almosen legten. Im Gärtchen sass ein Greis bei der Schwelle seiner Hausthüre. Seine sanfte

---

[1] De l'art chrétien II, 320.

Stimme und seine vornehme Milde ermuthigten zu einer Erkundigung, was ihn in diese Einsiedelei geführt habe. Er erzählte: „Ehedem wohnten hier Franziskaner. Die grosse Revolution hat sie verscheucht. Ich nahm ihre Stelle ein. Französische Soldaten wollten damals auch meine Madonna aus ihrer Nische herausreissen. Seit mehr denn 25 Jahren lebe ich hier allein auf der kleinen Insel." Als wir ihn fragten, ob er denn in dieser ständigen Vereinsamung nicht zuweilen traurig werde, erhob er lächelnd seine Rechte, wies voll Zutrauen auf die Madonna hin und antwortete: „Ich habe ja immer die Mutter Gottes bei mir. Die Nachbarschaft einer solchen Schutzheiligen genügt, mein Herz glücklich zu machen. Meine Beschäftigung ist's, die Lampe dort zu unterhalten und stets für frische, duftende Blumen zu sorgen."

Wie viele Heilige der katholischen Kirche fanden in Bildern Stütze und Trost, Anregung und Aufmunterung. Eine italienische Legende erzählt, die selige Umiliana sei zu Florenz durch ein Madonnenbild getröstet, in allen Widerwärtigkeiten angefeuert worden zur höchsten Gebetsart. Stets habe sie vor diesem Bilde eine brennende Lampe unterhalten. Wenn dieselbe erlosch, sei sie wiederum angezündet worden durch einen Engel oder durch eine weisse Taube, welche im Schnabel eine gleich der Sonne leuchtende Rose trug. Die Kölner Legende berichtet, der selige Hermann Joseph habe als Knabe der Madonna in St. Maria im Capitol einen schönen Apfel angeboten, ihr göttliches Kind aber habe ihn angenommen.

In wie vielen alten, unscheinbaren Bildern liegt mehr, als ein uneingeweihtes Auge findet. Oft wird ein frommes Gemüth weit mehr daraus schöpfen, als ein Maler hineinlegte; aber es gibt auch Bilder, die gleichsam ein Spiegel einer frommen Künstlerseele sind, die keine reine

---

Seele anschaut ohne das Echo sympathischer Gefühle [1].

So sind die Gemälde des „englischen Malers". Nicht nur eigene Andacht, nein, auch der Gehalt der Werke bewog jahrhundertelang so viele ernste Söhne des hl. Dominicus, in S. Marco, der Aufforderung zu folgen: „Kommst du vor der unbefleckten Jungfrau Bild, vergiss nicht, im Vorübergehen durch ein Ave sie zu grüssen."

Vasari war ein echter Maler des 16. Jahrhunderts; einen grossen Ruf verdankt er mehr seinen lebendig geschriebenen Büchern als seinen Bildern. Begeistert preist er alle technischen Fortschritte der bildenden Künste seiner Zeit, Raffael und Michelangelo erscheinen ihm als die grössten Sterne; einen Angelico lobt er trotzdem so begeistert, dass man sogar gezweifelt hat, ob die Lebensbeschreibung desselben nicht aus einer andern Feder geflossen sei. Sie kommt nichtsdestoweniger von seiner Hand, aber er hat sich vertieft in die Werke des Fra Giovanni, hat sie verstanden.

„Fra Giovanni verachtete alle weltlichen Dinge, lebte rein und fromm und war den Armen ein treuer Freund. . . . Unausgesetzt übte er sich in der Malerei und wollte nie anders als heilige Gegenstände darstellen. . . . Oft sagte er, es solle, wer unsere Kunst übe, mässig und ohne grübelnde Gedanken bleiben; wer die Werke Christi darstellen wolle, müsse immer bei Christo sein. . . . Die Heiligen, die er malte, haben mehr das Ansehen und die Aehnlichkeit von Heiligen als die irgend eines andern Meisters. Seine Gewohnheit war, das, was er gemalt hatte, nie zu verbessern oder zu überarbeiten, sondern es stets zu lassen, wie es aufs erstemal geworden war, weil er meinte, so habe Gott es gewollt.

Einige sagen, Fra Giovanni habe nie den Pinsel in die Hand genommen, ohne vorher gebetet zu haben, und nie ein Crucifix gemalt, ohne dass ihm die Thränen über die Wangen strömten; in den Angesichtern und Stellungen seiner Gestalten aber erkennt man seinen redlichen und starken Christenglauben. . . .

„Ein so hohes und seltenes Vermögen in der Kunst aber, wie Giovanni besass, konnte sich in Wahrheit nur bei einem Menschen von frommem Lebenswandel entfalten; denn wer geistliche und heilige Gegenstände darstellen will, muss geistlich und fromm gesinnt sein; werden dagegen solche Dinge von Menschen ausgeführt, welche wenig Liebe zur Religion haben, so erwecken sie oft unziemliche Begierden und leichtfertige Neigungen, und dadurch geschieht es, dass solche Werke wegen Mangels an Sittsamkeit Tadel finden, während man sie als Kunstwerke rühmt." [1]

Wie es dem Vasari ergangen, so geht's auch noch heute gar vielen feinfühlenden Kritikern. So schreibt Woltmann [2]:

„Fra Giovanni ist in einem Punkte ein grosser Neuerer, in der Steigerung und feinen Nuancirung des Empfindungsausdrucks in den Köpfen. Dieser geht stets aus weihevoller religiöser Stimmung hervor, ist aber in seiner seelenvollen Schönheit und friedevollen Reinheit echt menschlich ergreifend und bleibt selbst da, wo er sich zum Schwärmerischen [?] steigert, frei von Aufgeregtheit und geht nicht über die Sphäre des Milden und Holdseligen hinaus. Der Maler wurde Fra Giovanni Angelico, ‚der Engelgleiche', ge-

---

[1] Kirchenschmuck, Blätter des christl. Kunstvereins der Diöcese Seckau V (Graz 1874), 110 f.

[1] Uebersetzung von L. Schorn II, 1, 324 f. Geistreich bemerkt Rio (De l'art chrétien II, 378): „On peut dire de lui que la peinture n'était autre chose que sa formule favorite pour les actes de foi, d'espérance et d'amour."

[2] Geschichte der Malerei II, 150.

nannt, sowohl wegen seines Wandels als auch wegen seiner Schöpfungen, die der Reflex seiner schönen Seele sind."

Schon Rumohr[1] äusserte sich in ähnlicher Art: „In den gelungensten unter seinen kleinern Werken erschöpfte sich dieser Künstler in den mannigfaltigsten Andeutungen einer mehr als irdischen Freudigkeit; hingegen enthalten seine Mauergemälde häufig Darstellungen der irdischen Bedrängnisse heiliger Personen, obwohl in deren Gebärden und Mienen die innere Harmonie über äussere Störungen sichtlich vorwaltet, nichts die Sicherheit ihrer Hoffnung, die Festigkeit ihres Willens zu erschüttern scheint... Nach beliebten und angenommenen Voraussetzungen hätte ein so zart geistiges Streben unsern Angelico von Objectiven abziehen und gleichsam in sich selbst concentriren müssen. Doch ganz im Gegentheil war es eben dieser schwärmerisch [?] vom Irdischen abgezogene Geist, welcher unter den Neueren zuerst den menschlichen Gesichtsformen ihre volle Bedeutung abgewann und deren mannigfaltigste Abstufungen benutzte, seinen Darstellungen eine grössere Fülle und Deutlichkeit zu geben... Er gefiel sich, den einen Charakter milder Seelengüte durch eine Unermesslichkeit von Abstufungen hindurchzuführen... Hingegen blieb ihm die Gestalt stets fremd, weshalb er überall [?], wo er in der Handhabung des Leibes über den einfachen Zuschnitt der giottesken Manier hinausging, wohl noch die Bewegung des Oberleibes beherrschte, doch selten das Untergestelle, welches [er] in seinen Gemälden meist sehr unbelebt und hölzern lässt. Auch lag es ausser seinem Absehen, die malerische Anordnung, gleich dem Masaccio, durch schärfere Beleuchtung und massive Schattengebung

zu unterstützen, obwohl er den Gang des Gefältes, dessen Antheil an dem Reize malerischer Darstellung grösser ist, als ich es zu erklären weiss, mit ungemeiner Feinheit für seine Zwecke zu benutzen wusste.... Fra Angelico da Fiesole[1], Benozzo Gozzoli, Domenico Ghirlandajo und ähnliche Maler ihrer Zeit und Richtung entbehrten ohne Zweifel der Kenntniss allgemeiner Bildungsgesetze der menschlichen Gestalt; dagegen können die besten unter den Zeitgenossen der Carracci im ganzen für einsichtsvolle Zeichner gelten. Aber die ersten sind ebenso reich an einzelnen Wahrnehmungen anmuthender und bedeutender Züge der Natur, als jene andern beschränkt auf wenige und gleichförmige Durchschnittsvorstellungen. Daher hoben sich, seitdem man in Bezug auf gewisse Aeusserlichkeiten der Kunst seine Ansprüche herabgestimmt, in Bezug auf das geistige Interesse sie gesteigert hatte, die einen in der Meinung und selbst im Handelswerthe, während die andern ebenso tief unter ihre frühere Schätzung herabsanken."

Es ist wahr, technisch stand Fra Angelico noch nicht auf der Höhe. Bis zum Ende des Jahrhunderts errang unausgesetztes Studium hervorragender Talente eine Summe von Kenntnissen, welche Raffael und Michelangelo zur Verfügung stand und ihnen als Mittel diente, solchen Ruhm zu erlangen. Ja selbst mehrere seiner Zeitgenossen sind dem Angelico in der Kenntniss der Anatomie, Perspective und Lichterscheinungen überlegen gewesen. Er war eben ein Ordensmann, und zwar einer, der seinem Stande Ehre machte. Darum fehlten ihm Erfahrungen und Beobachtungen, die andern bekannt waren. Darum drang er aber auch desto tiefer ein in die geistige Seite. Ist sie denn nicht

---

[1] Forschungen II, 254 f.

[1] A. a. O. I, 65 f.

das Wesentliche? Wie er als Dominikaner der strengen Observanz alle Leidenschaften in sich zu zügeln und sich Christo ähnlich zu machen suchte, so wollte er auch in seinen Werken die Herrschaft des christlichen Gesetzes ausprägen. Darum war Masshalten eines der grossen Geheimnisse seiner Kunst. Masshalten gab seiner Seele, gab seinen Bildern den Frieden. Der doppelte Friede des Todes und der Busse ruht über seiner Kreuzigungsgruppe im Klosterhof. Neben ihr hat ein neuerer Meister Maria und Johannes mit geöffnetem Munde, fliegenden Haaren, bewegtem Faltenwurf dargestellt und dadurch ihren übergrossen Schmerz zu schildern gesucht. Trotzdem wirken diese Figuren nicht aufs Herz. Sie stossen ab, weil sie zu viel fordern, selbst von einem Beschauer, der bemüht wäre, sich in die gleiche Stimmung zu versetzen, um das Bild zu erfassen. Fra Angelico scheint so wenig von seinem Zuschauer zu fordern. Er kommt freundlich und still. Gern gibst du dich ihm hin, aber leise zwingt er dich, tiefer zu gehen, mehr zu leisten. Wer seiner Leitung folgt, den führt er weit, so weit und tief, dass bei den Bildern der

obern Zelle ein verweichlichtes Jahrhundert zurückschreckt.

Im Masshalten lag seine Kraft. Wie ruhig, doch wie erfolgreich ziehen jene an Emmaus erinnernden Gestalten den Herrn ins Gastzimmer! Und wo kann solches Masshalten mehr erfreuen als gerade hier in S. Marco, wo im 15. Jahrhundert Savonarola, einer der grössten Prediger Italiens, betete und so wirkte, dass er die Verwaltung der Stadt bewog, über die Thüre ihres Palazzo Vecchio die Worte zu schreiben: „Iesus Christus Rex Florentini populi s. p. decreto electus" (Jesus Christus durch Beschluss des Volkes und Senates zum König des florentinischen Volkes erwählt). Aber der feurige Mann liess sich durch die Ungunst der Zeiten hinreissen zu Schritten, die er in einer blutigen Katastrophe büsste, deren Schatten seine Zelle in S. Marco noch heute umdüstern. Im Tumult, den er durch Mangel an Selbstbeherrschung erregt hatte, ging er unter. Cosimo I. liess die Inschrift ändern. Die heute dort befindliche erscheint kraftlos und an dieser Stelle beinahe nichtssagend: „Rex regum et dominus dominantium" (König der Könige und Herr der Herrschenden).

Bild 19. Christus als Pilger.
Im Kloster S. Marco zu Florenz.

Bild 20. Florenz.

Viertes Kapitel.

Aeussere Einflüsse.

BLEIBT kein Mensch unabhängig von seiner Umgebung, dann können die Werke eines Künstlers sich nicht frei halten von äusserer Beeinflussung. Freilich herrschte das Stillschweigen, woran unten im Kreuzgang Petrus Martyr so ernst erinnert, auch in den Klosterzellen von S. Marco. Aber das Haus lag inmitten des lebensfrohen Florenz, das damals mehr als in einer Hinsicht eine Weltmacht war. Die Dominikaner wirkten segensreich ein auf die Einwohner, konnten sich darum des Zeitgeistes nicht erwehren, auch wenn sie gewollt hätten. Aber sie wollten es nicht, sondern wünschten, lebendige Glieder zu sein im Organismus ihres Volkes. Darum standen sie in den besten Beziehungen zu den leitenden Persönlichkeiten.

Dieses freundschaftliche Verhältniss trat am augenfälligsten zu Tage, als sie 1436 in S. Marco einzogen. Papst Eugen IV. veranlasste, dass dessen Besitzergreifung aufs feierlichste geschehe. Drei Bischöfe begleiteten die Dominikaner in Procession, die Beamten der Signoria folgten, und das Volk sah fröhlich zu. Cosimo von Medici hatte sich von Anfang an als eifrigsten Förderer der neuen Anstalt erwiesen. Schon 1341 besassen deren Bewohner unweit der Kirche der Santissima Annunziata eine Kapelle des hl. Marcus, welche Donna Fia, Wittwe des Banchi di Caponsacchi, ihnen errichtet hatte. Einen Streit mit deren Erben schlichtete Cosimo dadurch, dass er 1438 das Ganze übernahm. Das Kloster S. Marco gehörte im Beginn des 15. Jahrhunderts den Silvestrinern, aber auch hier griff Cosimo ein, indem er den Papst Martin V. bewog, dieselben nach S. Giorgio am linken Ufer des Arno zu verpflanzen und ihr Haus den reformirten Dominikanern zu überweisen. Als dies geschehen war, wollte er den neuen Insassen eine prächtige Kirche und ein herrliches Haus errichten lassen; aber der hl. Antonin widersetzte sich dem als Prior. So wurde alles einfach, jedoch, dank dem Talent des Baumeisters Michelozzo, edel und schön. Die Kirche wurde leider später durch Umbauten verunstaltet. Cosimo hatte die neuen Bauten 1437 begonnen; erst 1441 waren sie mit einem Kostenaufwand von 36 000 Goldgulden so weit gefördert, dass die Kirche geweiht werden konnte. In demselben Jahre wurde die über 50 m lange, 10 m breite, mit einer Doppelreihe von je elf schlanken Säulen versehene Bibliothek vollendet. Ihr Eingang liegt im obern Stockwerk des Klosters, im ersten Gange, den man nach Ersteigung der Treppe erreicht. Jetzt stehen in ihrer Mitte lange, zweiseitige Pulte, worin unter Glas nicht weniger als 82 grosse liturgische Bücher der Florentiner Klöster liegen; 25 derselben stammen aus dem Chor von S. Marco. Sie wurden 1443—1450 geschrieben und mit Miniaturen versehen, wozu Cosimo 1500 Scudi spendete. Ehedem besass die Bibliothek 64 längliche Lesepulte, auf die Tommaso von Sarzana im Auftrage Cosimos 400 Handschriften legte, welche Niccolò Niccoli († 1437) gesammelt und hinterlassen hatte.

An den Klosterräumen wurden noch vielfache Veränderungen vorgenommen. 1443 war man zu einem Abschluss gekommen, aber 1451 wird wiederum über eine Vollendung derselben berichtet. Doch fand man bald, dass mehrere Fundamente zu schwach seien und neue Arbeiten erforderten. Jedenfalls sind manche zwischen den Zellen befindliche Wände erst nach Vollendung vieler Wandmalereien des Fra Angelico erbaut worden. Welche, ist schwer zu bestimmen [1]. Thatsächlich sind fast alle eigentlichen

Zellenbilder auf die Hauptmauern zwischen den Fenstern, nicht auf die dünnen, die Zellen trennenden Wände gemalt, obgleich diese besseres Licht hatten und weniger der Feuchtigkeit ausgesetzt waren. Vielleicht bestanden zur Zeit, als Fra Angelico malte, zwischen den Zellen 1 bis 11 einerseits und 22 bis 30 andererseits nur die beiden den Gang einschliessenden Wände, welche mit den Hauptmauern zwei lange Schlafsäle bildeten. Ebenso sind vielleicht ehedem die Zellen 15 bis 21 nur ein Saal gewesen. Die übrigen Zellen waren wohl von Anfang an gesonderte Wohnungen für den Prior und für andere Ordensmitglieder, welche eines eigenen Raumes bedurften.

Es liegt auf der Hand, dass der Einfluss des freigebigen Wohlthäters nicht gering sein konnte. Der hl. Antonin, sein Beichtvater und der erste Prior des neuen Hauses, richtete darum zwei Zellen ein, beim Chore der Kirche am Ende des Hauptganges, in den die Treppe mündet und die Thüre zur Bibliothek sich öffnet. Dort weilte Cosimo, wenn er den Heiligen besuchte und sich unter dessen Leitung zum Empfange der heiligen Sacramente vorbereitete.

Fra Angelico malte sie aus und suchte durch seine Werke dem hohen Gönner behilflich zu sein, sich in die rechte religiöse Stimmung zu versetzen. So kam in jene Zelle zuerst wiederum ein Bild des Gekreuzigten, obgleich es schon so oft oben und unten im Kloster angebracht war. Der Gekreuzigte sollte eben auch dem Mediceer Trost und Anregung geben, auch in ihm Gesinnungen der Busse wecken und Verlangen nach Tugend. Neben dem Kreuze stehen Maria, Johannes und Petrus Martyr, unter ihm aber kniet der hl. Cosmas, der Patron des Herrn von Florenz. In der zweiten Kammer malte Fra Angelico im Jahre 1441 ein grosses Bild, worin die heiligen drei Könige das Christkind anbeten

---

[1] Zeitschrift für bildende Kunst 1870, S. 116 f.

und beschenken (Bild 21). Fürstliche Freigebigkeit war allen Mediceern eigen, darum sollte das Gemälde dem prachtliebenden, freigebigen Cosimo ein der Heiligen Schrift entnommenes Beispiel der edelsten Verwendung seiner Schätze vorhalten. Es sollte aber auch eine dankbare Erinnerung sein an die 1442 am Feste der heiligen drei Könige vollzogene Einweihung der auf Kosten dieses Mediceers erbauten Klosterkirche.

Fra Giovanni hatte die Anbetung der Könige bereits in dem Cyklus der Annunziata (S. 19, Nr. 6) geschildert und in einem kleinen Bilde der Uffizien; hier that er es ausführlicher und besser[1]. Alle Kenner sind einig im Lobe „der Linienführung, der Zartheit, Frische und Anmuth der Typen wie des Colorits". Für die Hauptgruppe hat wohl in der liturgischen Feier des Karfreitags jene Procession zum Vorbild gedient, in der jeder sich vor das Kreuz hinwerfen und

Bild 21. Anbetung der Weisen.
Im Kloster S. Marco zu Florenz.

die Wunden küssen soll. Der erste König küsst den Fuss des Kindes. Der zweite hat sein Geschenk bereits an den hl. Joseph abgegeben, kniet auf beiden Knieen und wartet, bis der erste aufgestanden ist und sich entfernt. Der dritte steht noch da mit seiner Gabe. Dann folgen die drei vornehmsten Hofbeamten, die schon eine Reihe zu bilden beginnen, während das übrige Gefolge sich noch nicht geordnet hat. Durch solche Auffassung des Ganzen verliert

Rios Bedenken seine Kraft. Er hat wohl erkannt, dass die zwölf Personen des Gefolges eine Art „Reihe bilden", wundert sich aber, dass sie fast so bedeutend sind wie ihre Herren, von denen sie nur durch die Kopfbedeckung und den Platz unterschieden seien, und dass die

---

[1] Interessant ist ein Vergleich dieses Bildes mit der figurenreichen Darstellung der Könige, welche B. Gozzoli 1459 für den Sohn des Cosimo in der Kapelle des Palastes Riccardi zu Florenz malte.

Gottesmutter am Ende des Bildes „eine untergeordnete Stelle" einnehme. Sie ist aber durch ihr Kind Ziel und Ende der Bewegung. Die unter dem Bilde befindliche Nische mit dem Bilde des im Grabe stehenden Schmerzensmannes diente zur Aufstellung des heiligsten Sacramentes oder eines Reliquiars. Marchese macht darauf aufmerksam, dass einer der Diener eine Himmelskugel trägt und durch das Instrument an die astronomische Beschäftigung der Magier erinnert. Es ersetzt einigermassen das Fehlen des Sternes. Er glaubt auch, die Berge des Hintergrundes seien so kahl geblieben, damit das reiche Kostüm desto wirksamer hervortrete. Die Milde, Schönheit und Hoheit der Gesichter lässt sich weder beschreiben noch aus einer kleinen Copie erkennen.

Ein drittes die Mediceer ehrendes Bild des Fra Giovanni befindet sich zwischen den Eingängen der 25. und 26. Zelle. In ihm sind die Patrone dieses Klosters um die thronende Gottesmutter gesammelt, wie sie unten im Kapitelsaale das Kreuz umgeben. Zur Rechten steht Marcus, der Titularheilige, in Unterredung mit Cosmas und Damian, den Patronen der Mediceischen Familie, am Ende der Reihe aber Dominicus, auf das geöffnete Regelbuch zeigend. Die Linke nehmen die drei Namenspatrone der damaligen Mediceer ein: Johannes, Laurentius und Petrus Martyr, zwischen denen der hl. Thomas von Aquin aus dem Hintergrunde herausschaut. Das Bild ist ruhig und friedlich, wie der arme, stille Klostergang. Die Heiligen reden nur mit den Augen und Händen. Zwei schauen ernst hin auf den Zuschauer und mahnen ihn, mit den sechs andern sich an Jesus zu wenden, der ihn betrachtet und die Rechte erhebt, ihn zu segnen. Der Gleichklang der Gruppirung (1, 3, 2, 3, 1) wird durch sechs cannelirte Pfeiler verschärft: zwischen zweien derselben sitzt Maria

mit dem Kinde, zwei steigen hinter den dreitheiligen Gruppen der Schutzheiligen auf, je einer aber begleitet den hl. Dominicus und Petrus am Ende des Bildes. Diesen Pfeilern entsprechen ein Architrav, die Stufen des Thrones der Madonna und ein fester Rahmen des Ganzen.

Wahrscheinlich hat Cosimo († 1464) selbst sich bei Fra Angelico jene vier Gemälde bestellt, welche einen Theil der Galerie Lorenzos de' Medici (il Magnifico) bildeten: a) „Ein grosses rundes Gemälde in goldenem Rahmen, worin geschildert sind U. L. Frau und unser Herr und die Könige, welche kommen, Geschenke zu opfern. b) Eine kleine Tafel, worin unser Herr nach seinem Tod gemalt ist mit vielen Heiligen, die ihn zum Grabe tragen. c) Ein kleines, rundes Bild mit einer Madonna. d) Ein Bild, das als Altartafel dient, von 2 Ellen Höhe und 1½ Breite, in Goldrahmen, worin die Geschichte der Dreikönige gemalt ist."

Diese vier Bilder beweisen, wie hoch damals auch die Mediceer die Arbeiten des Dominikanermalers schätzten, dass also seine frommen Gemälde nicht nur seinen Ordensgenossen, einigen andern Klosterbrüdern und den Bruderschaften gefielen, sondern auch den tonangebenden Kreisen der Stadt. Dadurch wird aber klar, dass ihm von vielen Seiten Bestellungen zugehen mussten. Die Auftraggeber hatten natürlich ein gewichtiges Wort zu reden hinsichtlich des Gegenstandes und der Figuren. Trotzdem ist der Kreis der von Fra Angelico gemalten Heiligen nicht gross. Am häufigsten stellte er die Heiligen und Seligen seines Ordens dar, vor allem Dominicus, Petrus Martyr und Thomas von Aquin; dann die Patrone der Mediceer, damals die Lieblingsheiligen von Florenz: Cosmas, Damian und Laurentius; weiterhin Marcus, den Patron seines Klosters, als Begleiter des Weltenrichters Johannes den Täufer, die Apostel und Propheten.

endlich Romuald, Gualbertus und Franciscus als Vertreter befreundeter Klöster, Nikolaus und Stephanus, weil diese damals in Italien hoch verehrt wurden. Andere zu jener Zeit beliebte Heilige, Männer und Frauen, treten uns in den Bildern der Krönung Marias entgegen. Auch der Grad der Ausführung lag mehr oder weniger in der Hand der Besteller. Darum war der Versuch Rosinis[1], die Werke des Fra Angelico nach der grössern oder geringern Verwendung des Goldes zu sichten, nicht glücklich. Geschmack und Reichthum der Auftraggeber waren

Bild 22. **Die Taufe Christi.**
Im Kloster S. Marco zu Florenz.

für solche Dinge massgebend, wie manche damals mit verschiedenen Künstlern abgeschlossene Verträge beweisen.

Hinsichtlich der Durchführung waren Ort und Veranlassung von grossem Einfluss. Liegt es doch auf der Hand, dass der Maler für ein Gemälde des Kapitelsaales, oder eines von allen benutzten Ganges, oder der Zimmer des Mediceers mehr Mühe und Zeit verwandte als für die Malereien der Zelle eines einfachen Bruders.

---

[1] Storia II, 257. Vgl. *Marchese*, Memorie II, 197.

Viele Zellenbilder sind leichte Improvisationen eines reichen Genies, in einem oder zwei Tagen, vielleicht ohne Vorstudien und Skizzen, rasch begonnen und vollendet. Andere Arbeiten verrathen lange Ueberlegung, sorgfältiges Abwägen und langsame, bedächtige Ausführung. Ueber die Technik haben Crowe und Cavalcaselle[1] einige vortreffliche Bemerkungen gemacht: „Die für die Köpfe bestimmten Theile sind zuvor glatt polirt gewesen, die Schatten mit einem dünnen, grünlichen Grau aufgetragen, mit flüssigen Lasuren übergangen und dann durch sorgfältiges Auftupfen, wobei die Bewegung der Bogenlinie angestrebt wird, mit den rosiggelben Lichtpartien verbunden. Für die höchsten Lichter sind pastose Retouchen zu Hilfe genommen. Das ganze Verfahren ähnelt der Colorirung von Miniaturen auf Pergament, wobei die Fläche des Stoffes selbst für die belichteten Theile dient und die plastische Wirkung nur dadurch hervorgebracht ist, dass die transparenten Schatten durch den weissen Untergrund Brillanz bekommen. . . . Alle Sorgfalt der Zeichnung und alles Studium der Form kommt nicht voll zur Geltung, weil die Farbencontraste und das Helldunkel fehlen."

Da die Genannten ausdrücklich hervorheben, dieses Verfahren, „welches den Vorzug grosser Geschwindigkeit hat", finde man nicht nur in allen Werken Angelicos und Masolinos, sondern auch bei Johann van Eyck und bei Fra Bartolommeo, selbst in einigen Bildern Raffaels, kann man aus der Aehnlichkeit dieser Technik mit der Miniaturmalerei nicht schliessen, Fra Giovanni sei von der Miniaturmalerei ausgegangen oder habe Miniaturen gemalt. Und doch ist diese Folgerung oft gezogen worden; sie wird noch immer wiederholt. So wenig Fra Angelico

sich in der Technik von seinen Zeitgenossen unterscheidet, so wenig steht er ihnen in vielen andern Dingen grundsätzlich gegenüber. Er bleibt im ganzen und grossen im Fluss der Tradition, er hält sich an die alte Ikonographie. Nehmen wir z. B. seine Taufe Christi in S. Marco (Bild 22). Das starke Ausschreiten des Vorläufers ist ein Motiv, das bereits in der Taufkapelle S. Giovanni in Fonte zu Ravenna sich findet und in zahlreichen griechischen und lateinischen Malereien weiter entwickelt wird. Ohne solche Vorlagen wäre die gespreizte Stellung des Johannes in unserem Bilde unverständlich. Die beiden zur Seite knienden Engel sind ein altes Erbstück; selbst die zuschauenden Heiligen sind nicht ohne ältere Beispiele entstanden[1]. Nachahmungen alter Vorbilder sind offenbar seine Höllenfahrt und sein Pfingstfest.

In einem ist Fra Giovanni einzig: in der süssen Melodie mystischen Seelenfriedens, wodurch er die meisten Gestalten verklärt. Seine Linien sind voll Harmonie, die Farben voll Gleichklang. Die Idee herrscht, willig dienen dieser Königin die Mittel seiner Kunst. Wo er nicht die Vollkommenheit erreicht, stossen die Mängel nicht ab. Sein Geist ist so ansprechend, dass man sie oft erst bemerkt, wenn man sie sucht. Viele Fehler hat er selbst erkannt; aber nach Vasari war es ja „seine Gewohnheit, das, was er gemalt hatte, nie zu verbessern, weil er meinte, Gott habe es so gewollt". Die Mängel des Abendmahlsbildes sind Seite 42 besprochen. Bei der Erscheinung des Erstandenen vor Magdalena ist der rechte Arm zu kurz und der linke Fuss verdreht[2]. In seinen Hintergründen sind bis in die letzte Periode hinein Häuser und Ge-

---

[1] Geschichte II, 83. 141.

[1] *Strzygowski*, Ikonographie der Taufe Christi (München, Riedel, 1885) Taf. 1. 3 u. s. w. Vgl. *Detzel*, Ikonographie I, 459 f.

[2] *Förster*, Denkmale II, 34.

birge nur in conventioneller Weise angedeutet. Andere Unvollkommenheiten werden auf die Rechnung seiner M i t a r b e i t e r gesetzt. Genannt werden als solche sein Bruder Fra Benedetto de Mugello, der Florentiner Benozzo Gozzoli, Zanobi Strozzi, Domenico di Michelino, Gentile da Fabriano und andere. Wie sehr sie ihm oft nahekamen, erhellt aus dem Vertrage der Bruderschaft von S. Marco zu Florenz, welche bei Benozzo Gozzoli ein Altarbild bestellte, worin die Art, die Form und selbst die Verzierungen des von Fra Angelico für den Hochaltar von S. Marco gemalten Bildes genau nachgeahmt werden sollten. Am häufigsten wird gesagt, Fra Benedetto sei ihm in S. Marco zur Hand gegangen. Nach Lanzi[1] hätte Benedetto ihn sogar geleitet und zuerst in die Miniaturmalerei eingeführt, aus der er sich zu höhern Arbeiten erhoben habe. Noch Vasari, Rio, Marchese, Crowe sind darin einig, Benedetto sei Miniaturmaler gewesen und habe seinem ältern Bruder bei dessen Arbeiten geholfen. Dagegen wies der verdiente Kunstforscher Milanesi aus

[1] Uebersetzung von *Quandt* I, 53.

den Rechnungen von S. Marco nach, Fra Benedetto sei freilich als Schönschreiber bei Herstellung der Chorbücher des genannten Klosters von 1443 bis zu seinem Tode 1448 thätig gewesen, habe jedoch keine Miniaturen gemalt[1].

[1] *Vasari* II (ed. Milanesi), 506. 528, annot. *Marchese*, Memorie I, 184. 187 sg. *Rio*, De l'art chrétien II, 344. 347. *Crowe* II, 171, Anm. 97. *Frantz*, Geschichte der christlichen Malerei II, 282. Nachdem Milanesi dem Benedetto die Eigenschaft eines Miniaturmalers abgesprochen, glaubt er in Abrede stellen zu können, derselbe habe bei irgend einem Bilde mitgewirkt. Seine Ansicht scheint zu den übrigen Nachrichten zu passen; melden sie doch, der hl. Antonin habe die beiden Brüder von Fiesole mit sich nach S. Marco genommen; solange er Prior gewesen sei, habe Benedetto auf seinen Wunsch hin das Amt des Subpriors versehen. Die besten Quellen rühmen dem Fra Benedetto nur nach, er habe Chorbücher „geschrieben und mit Noten versehen". *Marchese*, Memorie II, 187. 190. 224. Die „Annalen", worin Benedetto „scriptor et miniator" genannt wird (p. 189, annot. 191, annot. cf. p. 224), wurden erst 1505 begonnen und betonen in ihren Ausführungen nur das Schreiben. Der Titel „miniator" ist darum als Interpolation zu behandeln. Jedenfalls sind die Miniaturen der Handschriften von S. Marco 1446—1450 von Z a n o b i di B e n e d e t t o S t r o z z i gemalt. Die Zierleisten sind von F i l i p p o di M a t t e o T o r e l l i.

Bild 23. Christus am Kreuz.
Im Kloster S. Marco zu Florenz.

Bild 24. S. Croce mit dem Denkmal Dantes zu Florenz.

Fünftes Kapitel.

Die Bilder des Gerichtes und ihr Verhältniss zu Dantes Dichtungen.

DIE Inschrift auf dem Grabdenkmal Dantes in S. Croce, dem Pantheon von Florenz: „Onorate l'altissimo poeta" (Ehret den erhabensten Dichter), ist wohl angebracht, besonders in unsern Tagen, wo alle christlichen Ideen angefochten werden. Man liest nun immer wieder, Dante sei für Fra Giovanni eine der ergiebigsten Quellen der Begeisterung gewesen. Ein oder zwei Dutzend Verse des Dichters werden dann als Motive seiner Bilder citirt. Freilich hatte der Dantecult damals zu Florenz einen so hohen Grad erreicht, dass der berühmte Hellenist Franz Philelphus dessen Gedichte im Dome an Sonn- und Feiertagen vorlas und erklärte. Fra Eustachio, einer der Brüder von S. Marco, ein vortrefflicher Miniaturmaler, welcher 1555 im Alter von 83 Jahren starb, war begeisterter Verehrer Dantes. Er wusste grosse Stücke aus dessen Gedichten auswendig und sagte oft Verse aus ihnen her. Domenico di Michelino, Fra Angelicos Schüler, malte das im Dome von Florenz noch heute vorhandene Bild des Dichters. Aber Dantes Krone besitzt so viele echte Lorbeeren, dass es nicht nöthig ist, falsche zu erborgen. Wie es der Geist des Predigerordens verlangte, war Fra Angelico bekannt mit der Bibel und mit mystischen Schriften; er hatte, wie sein grosses Bild im Kapitelsaal zeigt, gelehrte Berather, bewandert in den heiligen Schriften und bekannt mit der Geschichte der Kirche. Die Geheimnisse der Religion traten im Festkreise Jahr um Jahr vor seine Seele, und er musste sie in frommer, inniger Art erfassen. In der Summa des hl. Thomas, in Erbauungsbüchern, in Predigten des hl. Antonin, seines Priors, und anderer Kanzelredner seines Ordens, in seinen eigenen Betrachtungen lagen Quellen genug für die anregendsten Gedanken.

Nachdem er sie in sich aufgenommen und verarbeitet hatte, malte er seine Bilder. War überdies nicht der sel. Johannes Dominici sein Lehrer gewesen, er, der nach dem Zeugniss des hl. Antonin nicht sowohl den Dichtern als den Schriften der Bibel und der Heiligen den Stoff seiner stark besuchten Vorträge im Dom zu Florenz entnahm? Hatte der Dominikanerorden nicht durch Johannes Tauler († 1361), Heinrich Suso († 1365) und Katharina von Siena († 1380) mystische Schriften, welche sicherlich mittelbar oder unmittelbar auf Fra Angelico bestimmend einwirkten? Wie sein Zeitgenosse Gerson († 1429) Passionspredigten und Passionsbilder benutzte, um die Andacht zum Leiden Christi zu verbreiten und zu vertiefen, so hat Fra Angelico seinen Pinsel dem Erlöser dienstbar gemacht unter Anleitung seiner Obern, von denen er, wie die alten Quellen ausdrücklich bezeugen, in demüthigem Gehorsam sich leiten liess. Weil er in den eben reformirten Klöstern der Dominikaner lebte, arbeitete er in deren altem Geist. Wenn endlich jeder gute Maler Poet ist und sein muss, dann ist auch er es gewesen, ja in solchem Masse, dass er nicht nöthig hatte, selbst für eine Verkündigung die einfachsten Gedanken hier und dort zu entlehnen.

Man lese die oben Seite 31 f. angeführten Verse aufmerksam, und man wird finden, dass sie zu jedem Bilde der Verkündigung passen. Aus ihnen folgern, dass Fra Angelico Dante benutzt habe, ist nichts anderes, als den Fehlschluss wagen: „Post hoc, ergo propter hoc" (Nachher, also daher). Mit mehr Wahrscheinlichkeit wurde versucht, in den Gerichtsbildern unseres Malers Spuren der Gesänge Dantes nachzuweisen. Aber auch sie stehen gerade in jenen Dingen im Gegensatz zum Dichter, worin sie angeblich von ihm abhängig sein sollen.

Nehmen wir Fiesoles in Deutschland am meisten bekanntes Bild des Gerichtes, ein Triptychon mit nicht weniger als 300 Köpfen. Im Jahre 1878 fand man es im Besitz eines Bäckermeisters. Woher es stammt, liess sich nicht ermitteln. Es wurde von Cardinal Fesch angekauft, gelangte nach dessen Tod in den Besitz des Lucian Bonaparte, kam dann nach London in die Galerie des Lord Ward (Dudley House) und hängt jetzt in der Berliner Galerie, die es 1884 für 10000 Guineen (214500 Mark) erwarb. Gemalt ist es wohl in der letzten Periode des Meisters zu Rom um 1450. Eine Copie des Bildes befindet sich in der Galerie zu Turin. Unsere Abbildung 25 zeigt den mittlern Theil mit seinen drei Gruppen: unten links die eben aus den Gräbern erstandenen Bösen, rechts die Guten. Dazu kommen zwei Flügel mit je zwei Gruppen. Der linke enthält unten die Hölle, der rechte unten einen Reigentanz der Auserwählten, oben eine in den Himmel einziehende Procession der Seligen. Die sechste Gruppe, oben im linken Flügel, zeigt die in die Seligkeit eingegangenen Heiligen. In der siebenten Gruppe sitzen oben in der Mitte bevorzugte Diener Christi rings um ihren Richter. So gleicht das Ganze einem Epos mit sieben Gesängen. Es gibt sowohl in den beiden Gruppen der Sünder als in den fünf Gruppen der Guten eine naturgemässe Steigerung und reicht von der Tiefe der Hölle bis ins Centrum des Himmels, endet in der linken Ecke bei Lucifer und steigt in der Mitte auf bis zu Christus.

Der göttliche Richter ist durch einen doppelten Kreis kleiner Engel (Seraphim) von den Heiligen getrennt. In einsamer Grösse sitzt er auf den Wolken, aus denen zahlreiche Engelköpfchen hervorschauen. Mit seiner erhobenen Rechten begleitet er das Urtheil der Verwerfung. Mit der abwehrend nach unten gehaltenen Linken scheint er zu sagen: „Ich kenne euch nicht."

Sein Antlitz ist voll Trauer, Strenge und Entschiedenheit. Durch den Gestus der Hauptfigur ist nun für das Bild eine Linie gegeben, welche von der erhobenen rechten Hand hinabgeht zu den Bösen auf der linken Seite des Mittelstückes und in der sich daran anschliessenden Hölle unten im linken Flügel endet. Neben dem das Kreuz tragenden Engel in der Mitte stehen darum zur Linken im Vordergrund nur vier andere Engel, und zwar dicht nebeneinander, während zur Rechten fünf sich finden, die überdies zwischen sich Raum lassen. Links soll eben ein Weg bleiben, auf dem, wenn man sich so ausdrücken darf, der vom Richter ausgehende Bannfluch herabsteige.

Der Maler will dementsprechend den Blick vom Richter zur Gruppe der Bösen lenken. In hastigem Gewühl werden sie der Hölle zugetrieben. Hinten stossen sieben Teufel die Menge voran, vorne ziehen andere Teufel sie in den Abgrund. Alle Stände sind vertreten, Frauen, Männer, Bürger, Soldaten, verschiedene Mönchsorden, Fürsten und Bischöfe [1]. Die Laster, welchen diese Verdammten dienten, sind hie und da gekennzeichnet. Unkeuschen haben sich Schlangen wie ein Gürtel um die Lenden gelegt. Drei Mönche, welche das Gelübde der Armut brachen oder durch Geiz sündigten, haben Beutel, ja einen derselben zieht der Teufel am Beutel hinab in den Abgrund. Ein Soldat ist als Feigling dadurch charakterisirt, dass Schlangen sich um seine Beine winden und ein Teufel mit dem Gesichte eines Hasen ihn voranzerrt. Zungensünden haben jene begangen, an deren Mund Schlangen beissen; bei einem Stolzen bildet eine Schlange eine Krone. In der Mitte der Gruppe sind ein Mann und eine Frau (ein Ehepaar?)

[1] Man hat die Hüte einiger Mönche mit Cardinalshüten verwechselt und darum in jener Gruppe auch Cardinäle zu finden geglaubt.

handgemein geworden; sie reissen sich bei den Haaren und beissen einander [1].

Dicht neben den Verurtheilten befindet sich unten im linken Flügel die Hölle. Wie der Gestus des Richters, so zieht auch die vorangetriebene Menge der Verworfenen den Blick dorthin. Man sieht vier Reihen mit sieben den Hauptsünden entsprechenden Abtheilungen. Oben sind die Ehrgeizigen in einem feurigen Kessel meist bis zur Brust versenkt. In der folgenden Reihe sind die Trägen angebunden; sie werden von Teufeln gepeinigt. Neben ihnen sitzen die Unmässigen im Feuer an einem Tisch, der mit Schlangen bedeckt ist, welche ihre Lippen verwunden. Einem giesst ein Teufel mit Gewalt einen Becher Wermut in den Mund. In der dritten Reihe beissen die Zornigen sich und ihre Genossen, während die Neidischen, in einem Feuerpfuhl eingeschlossen, von Teufeln misshandelt werden. Unten in der vierten und letzten Reihe giesst rechts ein Teufel einer Geizigen glühendes Gold in den Mund; links überbieten die Teufel alle frühern in Grausamkeiten gegen die Unzüchtigen. Zwischen den vier letzten Gruppen sitzt in grosser Gestalt auf einem Schemel der Fürst der Teufel. Er hat drei Gesichter, und mit jedem Munde verschlingt er einen Verdammten.

Diese Figur zeigt wohl am klarsten das Verhältniss des Fra Angelico zu Dante. Der Dichter singt (Hölle XXXIV, 37 ff.):

[1] Die von Förster in seinen beiden Werken gegebene Erläuterung, der Maler habe hier die Teufel „nicht ohne einen Anflug von Humor" geschildert, biete hier bestialisch rohe, schadenfrohe, jähzornige, neidische, „sogar einen lustigen und einen dummen Teufel", überträgt Kaulbachische Ideen und Versuche des 19. Jahrhunderts in das gläubige Italien des 15. Jahrhunderts, ja sogar in die Klosterzelle eines Fra Angelico.

Bild 25. Das jüngste Gericht (Mittelstück).
Im Berliner Museum. — Nach einer Photographie von Franz Hanfstängl in München.

O welch ein grosses Wunder es mich deuchte,
Als drei Gesichter ich an einem Kopfe sah!
Ein mächtiges Flügelpaar ragt' unter jedem
Hervor, wie's so gewalt'gem Vogel ziemte!
Gefiedert nicht, nein, wie von Fledermäusen.

In jedem Mund zermalmt er mit den Zähnen
Gleich wie mit einer Breche einen Sünder.

Im vordern Mund, „das Haupt drin und heraus
die Beine streckend", befand sich Judas, in jedem

Mund zur Seite hing einer von der „schwarzen Schnauz herab ... mit dem Haupt zu unterst": Brutus und Cassius. Freilich hat nun auch im Berliner Gemälde der grosse Teufel drei Gesichter, aber die Flügel fehlen; freilich verschlingt er auch dort mit jedem Munde einen Sünder, aber der vordere hängt heraus mit dem Haupte, während zur Seite von beiden nur die Beine sichtbar bleiben. Aber diese Unglücklichen sind nicht jene, die Dante nennt. Ueber dem Haupte des Teufels steht: „Superbia". Angelico malte also Menschen, welche durch Stolz fehlten, der nach dem hl. Thomas die Quelle der sieben Hauptsünden ist. Warum erscheint aber der Teufel des Stolzes behaart, so wie Lucifer geschildert ist? Woher stammt die unläugbare Aehnlichkeit hier und dort? Gibt es wirklich nur eine Möglichkeit, dies zu erklären? Muss Fra Angelico hier Dante benutzt und frei verworthet haben? Schauen wir hin auf andere Analogien. Sie werden die Antwort erleichtern.

Dante beschreibt im „Fegfeuer" sieben Kreise, worin die Stolzen, Neidischen, Zornigen, Trägen, Geizigen, Unmässigen und Unkeuschen gepeinigt werden. Die Stolzen werden im Fegfeuer durch Felsblöcke niedergebeugt,

„Wie man, sei's einem Dach, sei's einer Decke, Zur Stütze manchmal wohl als Kragstein eine Gestalt erblickt mit dem Knie am Busen." [1]

Die Trägen müssen laufen und sich ermuntern:
„Schnell, schnell, dass nicht die Zeit verloren gehe." [2]

Die Unmässigen sind abgemagert, dulden ruhig Hunger und Durst, um dadurch zur Seligkeit zu gelangen. Diejenigen, welche durch Sinnenlust sündigten, sah Dante in den Flammen.

Der Dichter kennt auch sieben Kreise in der Hölle, deren Strafen andere sind; die Teufel, welche jeden der Leidenden quälen, fehlen aber

---

[1] Fegfeuer X, 130 ff.   [2] Ebd. XVIII, 191.

---

bei Dante. Nun hat schon Don Caravita [1] in seiner schönen Beschreibung der Kunstwerke von Monte Cassino bei Besprechung des im 11. Jahrhundert entstandenen Bildes des jüngsten Gerichtes in der Kirche S. Angelo in Formis bei Capua bemerkt, dass die Schilderung der jenseitigen Welt nicht die Erfindung dieses oder jenes Künstlers, nicht die malerische Darstellung der Angaben dieses oder jenes Gedichtes seien, sondern dass Maler und Dichter, Dante nicht ausgeschlossen, im Flusse weitverbreiteter Volkstraditionen standen, die von ihnen, je nach ihrer Begabung mehr oder weniger glücklich, weiter entwickelt und plastisch ausgebildet wurden. Dante hat an dieser Entwicklung einen hervorragenden Antheil; aber nach ihm ist die Fortbildung des Gegebenen nicht stehen geblieben. Oft erschien die Hölle in den Dramen des Mittelalters; vielfach entstanden in Italien während des 14. und 15. Jahrhunderts figurenreiche Bilder der Hölle, die mit denen des Fra Angelico eine ikonographische Klasse bilden. Wollte er Vorbilder, so brauchte er nur nach Maria Novella zu gehen, wo sich in Orcagnas Fresco fast alles fand, dessen er bedurfte. Auch dort thront der Teufel als Herrscher der Unterwelt in der Mitte; in sieben Abgründen werden diejenigen entsprechend gequält, welche durch eine der Hauptsünden ihr Unglück verschuldeten. Malerisch wird dort geschildert, was auch Thomas von Kempen 1, 24 sagt: „Worin der Mensch

[1] I codici e le arti a Monte Cassino I (Monte Cassino 1869), 251 sg. Vgl. über ältere volksthümliche Schilderungen der Hölle *Hettinger*, Die Göttliche Komödie (2. Aufl., Freiburg, Herder, 1889) S. 79 f. Vgl. auch bei Rösler (Dominici) die strengen Ansichten des Vaters der reformirten Dominikaner über das Lesen heidnischer und weltlicher Schriften S. 92 f. 101 f. 107, besonders 216, Anm. 1 und 2. Frantz (Malerei II, 89) sieht nach Dobbert (Beiträge [1878] S. 156 f.) Orcagnas Hölle in S. Maria Novella an als „Illustration zum Inferno der Commedia".

mehr gesündigt hat, darin wird er auch schwerer gestraft. Dort werden die Trägen angetrieben mit glühenden Stacheln und die Schlemmer gequält mit Hunger und Durst. Dort werden die Ausschweifenden und Wollüstigen überschüttet mit siedendem Pech und stinkendem Schwefel, die Neidischen aber vor Schmerz heulen wie wüthende Hunde."

Bei Fra Angelico wird sich eine unmittelbare Benutzung Dantes nicht nachweisen lassen. Man muss zur Beurtheilung seiner Bilder die Gepflogenheit der mittelalterlichen Maler nie aus dem Auge verlieren. Damals suchten, wie schon bemerkt wurde, die Künstler ihren Ruhm nicht in Erfindung neuer Scenen, sondern in besserer Darstellung des Althergebrachten. Kleine Züge fügten sie bei, alte Härten schliffen sie ab; aber bei Schilderung grosser, allbekannter, hundertmal im Bilde geschauter Ereignisse der Offenbarung blieben sie im Flusse der Tradition. Dadurch ersparten sie sich die gefährliche Arbeit einer neuen Composition, blieben sie volksthümlich und behielten sie Zeit, auf sicher gebahnten, durch die Erfahrung gewährleisteten Pfaden der Vollkommenheit sich zu nähern.

Wenden wir uns nun wieder zum Berliner Gerichtsbilde. Wir sind ausgegangen von der Person des Richters, sahen, wie er die Rechte zur Verwerfung der Verdammten erhebt und wie sein Urtheil sich unten zur Linken vollzieht. Dem Gericht über die Bösen ging die Einladung an die Guten voraus. Um die Einheit des Bildes festzuhalten, müssen wir uns also denken, während der Gottessohn die Verdammten verwerfe, werde auch sein Segensspruch verwirklicht. Wir sehen, wie diese Verwirklichung begann und vollendet wird in fünf Scenen, welche logisch und chronologisch, ja sogar räumlich eine Steigerung bieten. In der ersten, unten in der rechten Abtheilung des Mittelbildes, ist die

Auferstehung der Gerechten abgeschlossen; von der Scheidung ist ein letzter Rest wahrzunehmen. Beim Ende der verlassenen Gräberreihe, welche in geistreicher Weise die Guten und Bösen trennt, streitet noch ein Engel mit einem Teufel um das Schicksal eines Weibes. Der Engel wird sich wohl als Stärkerer erweisen. Abgesehen von dieser Nachzüglerin, herrschen drei Affecte in der zahlreichen Menge; doch bleiben sie im Gegensatz zum Gewühl auf der linken Seite ruhig. Einige Auserwählte erheben die Hände, um Christus Dank zu sagen. Ihre Hauptvertreter sind drei im Vordergrunde kniende Personen: ein König, ein Jüngling und ein Weib. Ihnen folgt neben den Gräbern eine Reihe Kniender. Sie sind nur vom Rücken aus sichtbar und enden oben vor jener Person, die sich noch voll Angst wehrt, um nicht vom Teufel herübergezerrt zu werden. Weiter zur Rechten des Richters befindliche Menschen haben sich erhoben und freuen sich ihrer Genossen. Viele begegnen ihrem Schutzengel, wobei eine schöne Stufenleiter von Gemüthsbewegungen hervortritt: einer wird von ihm empfangen und bewillkommnet, ein zweiter umarmt, ein dritter geliebkost, ein vierter eingeladen, zu folgen hinauf in die Höhen des Himmels; ein fünfter hat sich bereits angeschickt, dieser Aufforderung nachzukommen. Rührend schön ist die Gruppe, worin ein Engel einen schlichten Bauernjungen umfasst, ermahnt, aufzustehen und mit ihm zu gehen. Das naive Erstaunen des ärmlich gekleideten Jünglings steht in lieblichem Gegensatz zur herablassenden Güte des mächtigen und schönen Engels. Andere begrüssen ihre Freunde und Verwandten[1]. Gegen den Rand

---

[1] Auch hier müssen wir wiederum die Erklärung einer Scene ablehnen, die Förster (Leben S. 5) gibt, kurz wiederholt in der „Geschichte der italienischen Kunst" III, 212, ausführlicher aber bietet in den „Denkmalen italienischer

hin zeigt sich der dritte Affect; denn dort sind alle Gestalten nach rechts gewendet und im

Malerei" II, 43: „Unter den ersten, die einer andern Regung folgen [als der der Danksagung für die Auferstehung], sehen wir zwei Liebende, die einst der Tod getrennt und die sich unverhofft in der Auferstehung wiederfinden. Die Braut war dem Geliebten durch den Tod entrissen worden; Trost und Ruhe hatte er im Kloster und bald im Grabe gefunden. Und wie nun zur himmlischen Seligkeit das Glück der Wiederkehr der Erdenliebe sich zu fügen scheint, zieht keine Ungewissheit durch seine Seele, ob ihm sein Mönchsgelübde gestatte, dem Zuge des Herzens zu folgen, und ob überhaupt im Himmel neben der Liebe zu Gott eine andere noch Platz habe, — ein Zweifel, der vielmehr die Freude der Geliebten zu mässigen scheint. Die Gruppe ist um so rührender, wenn man denkt, dass sie in der Phantasie eines Klosterbruders sich gebildet, dem — nach allem, was wir von seinem Leben wissen, — die Beziehungen zum weiblichen Geschlecht stets in weiter Ferne geblieben." Das alles mag der Phantasie eines eben in die Welt getretenen sentimentalen Mädchens würdig sein, verdiente aber nicht, in einem wissenschaftlichen Werk als Bildung „der Phantasie eines Klosterbruders" gepriesen zu werden. Was hat Fra Angelico in Wirklichkeit geschildert? Einen Mönch, welcher einer ältern Frauensperson entgegenkommt und deren gefaltete Hände freudig in die seinen schliesst. Offenbar ist er früher in die Seligkeit eingegangen, weil sie vom Grabe eben herantritt, er ihr aber von der andern Seite entgegenkommt. Wo liegt ein Grund vor, hier an eine „dem Geliebten durch den Tod entrissene Braut" zu denken und so die Ursache für seinen Eintritt ins Kloster zu erklügeln? Warum soll denn jene Person nicht die Mutter sein, welche „der Klosterbruder" um Christi willen verliess und nun wiederfindet? Warum kann es keine liebe Schwester sein? Es ist jedenfalls keine Braut; denn ein jugendliches Mädchen, das im Vordergrund des Bildes kniet, hat keinen Schleier, wie die in Rede stehende Frau ihn trägt; sie wird also schon durch ihre Kleidung als Matrone gekennzeichnet. Es gibt nun eben einmal Leute, die sich kein Kloster denken können, ohne ihre Romanerinnerungen hineinzutragen. Man muss gegen ihre willkürlichen Deutungen Verwahrung einlegen, weil sie sich sonst einbürgern. Ist doch Försters Auslegung sogar im Organ für christliche Kunst XX (Köln 1870), 56 einfachhin angenommen worden.

Begriff, gemäss dem Richterspruch zu kommen, um das ihnen bereitete Reich in Besitz zu nehmen. Angelico hat dort eine Gruppe hervorgehoben, worin zwei Freunde sich umschlingen und gemeinsam zu den Gefilden der Seligen hinwallen.

In der zweiten Scene, unten im Flügel zur Rechten (Bild 26), sind eben drei Männer (ein Mönch und zwei andere), eine Jungfrau und noch zwei weitere Mönche angelangt. Jene drei Männer und die Jungfrau werden eingeladen, in einen Reigentanz einzutreten, der leichten Schrittes in einer gefälligen Bogenlinie zum Paradiese aufsteigt. In ihm folgen je einem Engel zwei Menschen. Jene beiden Mönche aber sind dem Reigenführer zuvorgekommen und leiten über zur dritten Scene, worin eine Procession zum Himmel hinanschwebt. Zur Seite stehen mehrere Personen, welche sich ihr anschliessen wollen: ein Papst, ein Cardinal und Mönche. Einstweilen unterhalten sie sich mit ihren Schutzengeln und miteinander. Eine Steigerung liegt darin, dass im Reigen nur einfache Mönche und Laien, hier auch Würdenträger der Kirche erscheinen, dass dort dem Haupte der Tanzenden der Strahlenglanz noch fehlt und alle sich auf dem festen Boden einer blumigen Au bewegen, während sie hier auf leichten Wolken hinansteigen [1].

Die vierte Scene oben im linken Flügel enthält canonisirte Heilige mit Nimben. In ihrer

---

[1] Neben der Procession steht ein durch seinen Nimbus als Heiliger gekennzeichneter Mönch. Man könnte darin eine Anspielung auf die sechste Lection des römischen Breviers für den 8. Februar sehen: (Romualdus) „scalam a terra coelum pertingentem, in similitudinem Iacob patriarchae, per quam homines in veste candida ascendebant et descendebant per visum conspexit: eoque Camaldulenses monachos, quorum instituti auctor fuit, designari mirabiliter agnovit." Die Leiter ersetzte der Maler dann durch Wolken.

Mitte steht der hl. Thomas von Aquin mit dem hl. Franciscus, umgeben von vier heiligen Mönchen, drei heiligen Clerikern und einer heiligen Jungfrau (Katharina von Siena?); dann folgt ein Kreis von sechzehn Engeln, welcher jene Heiligen gleich einer Mauer von der unten befindlichen Hölle scheidet. Zwei jener Engel falten die Hände, zwei andere halten Stäbe, einer eine Trompete, aber keiner dieser Engel musicirt. Alle haben ihre Instrumente abgesetzt, weil der Richter redet.

Die höchste und letzte Gruppe, gebildet aus zwanzig Heiligen erster Klasse, ist nicht nur mit der vierten bereits eingegangen in die Freude ihres Herrn, sondern thront und richtet mit ihm. Auch sie ist umgeben von dem Kranze der Engel, der aus der obern Hälfte des linken Flügels weitergeht in die Mitte des Bildes. Wie unsere Abbildung 25 zeigt, sitzen diese Heiligen zur Rechten und Linken in vier Reihen. In der untersten haben Maria und Johannes der Täufer, Petrus und Paulus, Andreas und Johannes der Evangelist Platz genommen, in der zweiten Abraham mit dem Messer der Beschneidung, Moses mit den Gesetzestafeln, Matthäus und einer der Verfasser der apostolischen Briefe (Jacobus), in der dritten die übrigen sechs Apostel. Unter ihnen ist Jacobus durch einen Pilgerstab, Philippus durch ein Kreuz und Judas Thaddäus durch ein Buch charakterisirt. In der

Bild 26. **Gruppe von Seligen und Engeln.**
Flügel des Jüngsten Gerichts im Berliner Museum zur Rechten des Richters.

vierten Reihe folgen Dominicus, Stephanus, ein Papst (Gregor d. Gr.?) und ein Mönch (Benedikt?).

Auch hier ist die Abweichung von Dante beachtenswerth; denn im „Paradies" zeigt er (XXXII, 119 f.) die Heiligen in concentrisch aufsteigenden Kreisen. Oben sitzt zur Linken Marias Adam, zur Rechten Petrus. Ihnen gegenüber sieht der Dichter Lucia und Anna neben Johannes dem Täufer. Zu Füssen Marias erblickt er Eva, Franciscus, Benedictus und Augustinus, tiefer im dritten Kreise Rachel, Sara und andere Frauen des Alten Testaments (XXXII, 4 f.).

In keinem andern Bilde des Fra Angelico sind die Gruppen und Figuren so sehr in Beziehung gesetzt zu einer gewaltigen Grundidee und doch dabei so reich an Wechsel und Verschiedenheit. Es werden überhaupt wenig Gemälde in Inhalt und Form mit diesem wetteifern können. Auch in dem grossartigen, dem Orcagna zugeschriebenen, vielleicht von Lorenzetti gemalten Gericht zu Pisa ist die Verwerfung der Bösen Hauptmotiv. Die auf der rechten Seite stehenden Guten beten in fünf Reihen geordnet den Richter an. Die Bösen sind erschreckt und beginnen wegzuziehen. Das Bild der Hölle steht nebenan, ohne Verbindung mit dem Gericht. Ein Aufsteigen der Auserwählten ist noch nicht angedeutet. Michelangelo hat die einheitliche Idee Fra Angelicos noch entschiedener betont, aber durch das übertriebene Bemühen, der anatomischen Richtigkeit und der physischen Kraftäusserung ihr volles Recht zu lassen, das ideale Element arg geschädigt. Memlings Bild in Danzig kommt der Arbeit des Angelico in mancher Hinsicht nahe; aber die Raumvertheilung ist ärmlicher, alles zu sehr zusammengedrängt; auch stören die vielen langen nackten Gestalten mit ihren magern, stark in die Augen fallenden Armen und Beinen.

Zart und reizend ist die Schilderung der Begegnung der Schutzengel mit ihren Pflegebefohlenen, die sie einführen in die Seligkeit, die innige und traute Umarmung der Engel und der Auserwählten. Die hier zu Grunde liegende Idee ist jedoch alt und war schon ausgesprochen in den ascetischen Schriften des Mittelalters und besonders in denen der Mystiker des Dominikanerordens. Ja auch in Bildern wird sie schon früher geschildert worden sein. Vielleicht ist das Bild des Giovanni di Paolo (Nr. 128 der Akademie der schönen Künste zu Siena), worin jene Begegnung des Schutzengels dargestellt erscheint, älter als ähnliche Gemälde des Fra Angelico. Aber selbst wenn dieser Giovanni in den wichtigsten Theilen seinem Namensvetter manche Motive entlehnte, haben beide Maler doch auch aus älterer Ueberlieferung geschöpft. Jedenfalls ist das Bild zu Siena so eigenartig und trotz alles Gleichklanges von den Bildern Angelicos so verschieden, dass die Annahme eines einfachen Plagiates ausgeschlossen scheint. Man muss um so mehr bei solchen Scenen an ältere, aber noch unvollkommene Vorbilder denken, als z. B. selbst bei jenem schönen Gemälde über der Thüre des Gastzimmers von S. Marco der Heiland dem des Duccio in dessen Schilderung der Emmausjünger sehr gleicht.

In S. Marco findet sich kein Bild des Gerichtes. Der Maler hielt es nicht für angezeigt, seinen Brüdern die Schrecken des jüngsten Tages lebendig vor Augen zu stellen; er glaubte ihnen besser zu dienen durch Schilderung des Lebens Christi und der allerseligsten Jungfrau. Dagegen besitzt die Galerie der Akademie zu Florenz zwei von seiner Hand stammende Bilder des Gerichtes. Das kleinere bildet den Schluss des oben (S. 19 f.) behandelten, für die Santissima Annunziata gemalten Cyklus.

Christus erhebt wiederum die Rechte, um die Bösen zu verwerfen. Neben ihm sitzen rechts und links Maria, Johannes und in drei Reihen je drei Apostel oder Heilige. Dreizehn Auserwählte knien in einer Gruppe, um für die Beseligung zu danken; neben und hinter ihnen empfangen und umarmen vier Engel ihren Schutzbefohlenen. In der Mitte sieht man zwei Erstehende und einen Engel, der einen Jüngling von der rechten Seite auf die Linke verweist. Der Gegensatz zwischen beiden Seiten tritt auch hier scharf hervor: dort herrscht Ruhe, Friede und Ordnung, hier ist Gewühl, Verzweiflung und Hast. Niemand kann läugnen, dass Fra Angelico auf dieser linken Seite denn doch nicht „ohne Kraft und ohne Energie" malte. Die meisten Figuren sind nackt, nur eine Frau im Vordergrunde ist ganz bekleidet. Auf dem Rahmen stehen folgende Sprüche: „Ascendant omnes gentes in vallem Josaphat, quia ibi sedebo, ut iudicem omnes gentes. Joël III c." „Sedebit super sedem maiestatis et iudicabit bonos et malos. Mat. XXV c." „Venite, benedicti Patris mei, percipite regnum. Mat. XXV c." „Ite, maledicti, in ignem eternum. Mat. XXV c."

Weit bedeutender ist eine aus dem Camaldulenserkloster S. Maria degli Angeli zu Florenz stammende Tafel (das Mittelstück Bild 27). Die Grundelemente des Berliner Bildes kehren wieder, jedoch ist die Einheit nicht so betont. Der Richter scheint zugleich mit der Rechten die Guten einzuladen und mit der Linken die Bösen abzuweisen. Seraphim und Engel umgeben ihn in drei Reihen. Unter seinen Füssen erhebt

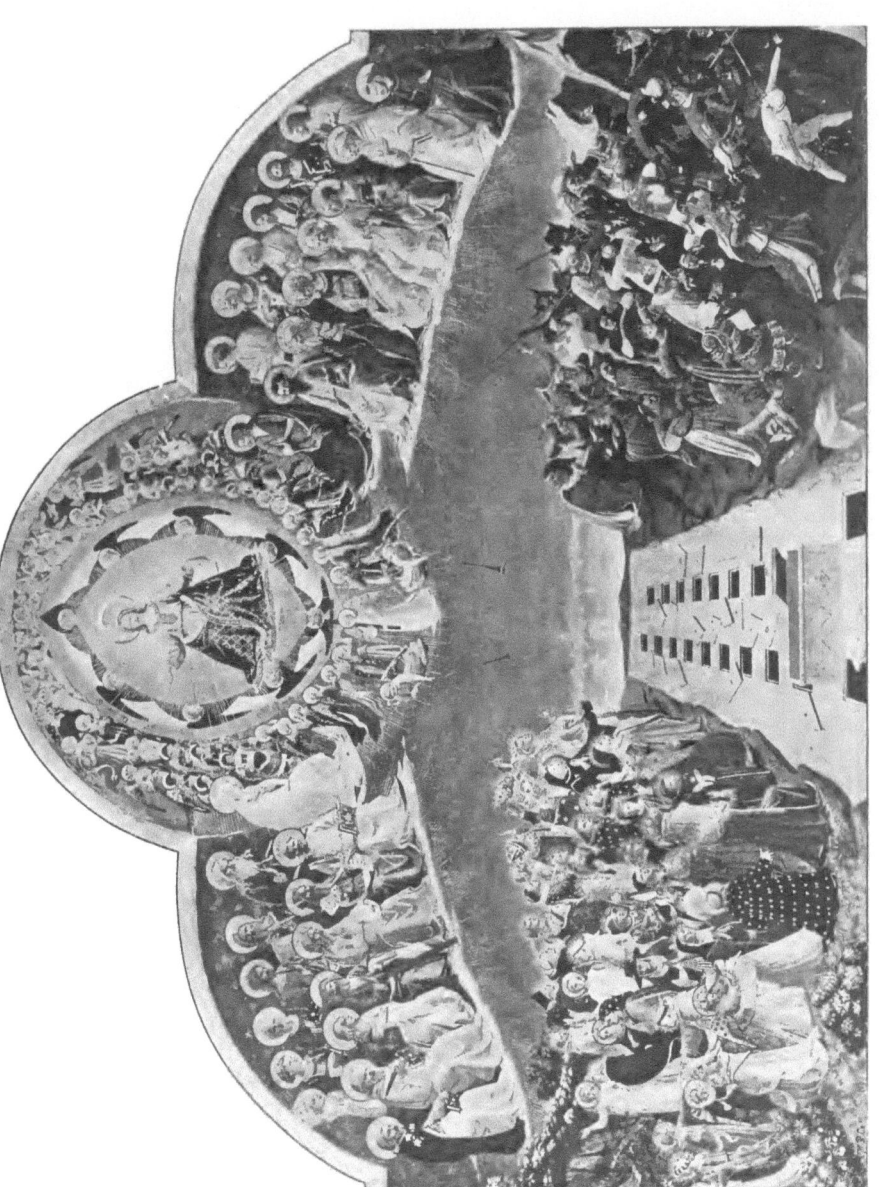

Bild 27. Jüngstes Gericht. (Mittelstück.)
In der Galleria Antica e Moderna zu Florenz.

auch hier ein Engel das Kreuz; zwei posaunende Engel begleiten ihn, obgleich die Auferstehung vollendet ist. In zwei Reihen erscheinen als Beisitzer des Richters Maria, Johannes, die Apostel und vierzehn andere Heilige. Auf der Erde wird zur Linken die ordnungslose Menge der Verworfenen nach links in sieben ·den Hauptsünden entsprechende Abgründe getrieben. Unten verschlingt der Teufel des Stolzes (Lucifer) wiederum drei Verdammte. Er thut dies jetzt so, wie Dante es beschreibt, hält aber überdies in jeder Hand einen Menschen. Alle Bewohner der Hölle sind nackt, die noch nicht in sie Eingetretenen bekleidet. Zur Rechten finden wir wiederum viererlei: kniefällig Dankende, von den Engeln Begrüsste, Tanzende und zwei Engel, die zur Stadt des himmlischen Jerusalem emporschweben.

Beachtenswerth ist in diesem Bilde des Gerichtes des Fra Giovanni die Verschiedenartigkeit der Bewegung[1]. Christus bewegt nur die Hände; die um ihn thronenden Apostel und Patriarchen sitzen zwar ruhig, aber nicht leblos; die Engel und Auserwählten wandeln, schweben,

---

[1] Revue de l'art chrétien XXVII (1884), 418 s.

tanzen, die Verworfenen fliehen, stürzen, sind zuletzt gefesselt und eingekerkert. Rechts bleibt viel Platz zur Bewegung, links wird der Raum immer mehr beschränkt.

In den Einzelheiten ist das Bild der Camaldulenser, besonders in den Trachten, sorgfältiger behandelt als das Berliner, aber es bleibt doch gleichsam eine Vorstudie, welcher die Grossartigkeit noch fehlt.

Ein Bild des Gerichtes im Palast Corsini zu Rom mit der Ausgiessung des Heiligen Geistes und der Himmelfahrt Christi hat durch Uebermalung gelitten. Gleiches gilt von dem Gerichtsbilde der Kapuzinerkirche zu Leonforte in Sicilien. Letzteres wurde den Ordensleuten von der Familie Branciforti-Trabbia geschenkt, ist aber so entstellt, dass sich nicht mehr entscheiden lässt, ob es nicht eine alte Copie des jetzt in Berlin befindlichen Bildes ist. Das Louvre besitzt ein Stück eines Gerichtsbildes, worin Christus inmitten der Apostel auf Wolken thront; doch wird es von Kennern dem Fra Angelico abgesprochen[1].

---

[1] *Reiset*, Notice des tableaux du Musée Napoléon III (Paris 1868) p. 40. Ueber Handzeichnungen des Gerichtes durch Fra Angelico vgl. *Vasari* II (ed. Milanesi), 515, annot. 1. *Phillimore*, Fra Angelico p. 36. *Marchese* p. 314, annot., und besonders *Cartier*.

Bild 28. Musicirender Engel.
Aus der Krönung Mariä im Louvre zu Paris.

Bild 29. Der Palazzo Pitti zu Florenz.

Sechstes Kapitel.

Die Marienbilder des Fra Giovanni.

SCHON in Cortona und Fiesole malte Fra Giovanni Marienbilder. Auch in S. Marco fanden wir bedeutende Darstellungen der Gottesmutter. In den Gerichtsbildern erschien sie mit dem Vorläufer zur Seite des Herrn. Fassen wir in diesem Kapitel die übrigen Marienbilder zusammen.

Einfach und anspruchslos, aber gut erhalten ist das Tafelgemälde im Spital bei S. Maria Nuova zu Florenz. Maria sitzt zwischen zwei Engeln auf einem Throne und hält ihr Kind auf dem Schosse. Auch in einem stark restaurirten Bilde der Berliner Galerie steht das bekleidete Kind auf dem Schosse der Mutter, zur Rechten wird es vom hl. Dominicus, zur Linken vom hl. Petrus Martyr verehrt. Reicher ist das in einen kostbaren Rahmen gefasste Bild der Galerie Pitti. Es befand sich früher in den Uffizien, wohin es aus

dem Camaldulenserinnenkloster des hl. Petrus Martyr in San Felice gelangte. In seiner Mitte sitzt wiederum Maria auf dem Throne mit ihrem bekleideten Kinde. Zur Rechten und Linken stehen, durch Säulen von ihr getrennt, die Heiligen Johannes Baptista, Dominicus, Thomas von Aquin und Petrus Martyr. Oben in den Giebeln hat der Maler die Verkündigung in Brustbildern, weiter nach hinten einige kleine Scenen angebracht. Drei grosse, für den Hochaltar von S. Marco, für die Dominicanerinnen von Annalena und für das Kloster Bosco ai Frati bei Florenz gemalte Tafelbilder mit je sechs die Himmelskönigin begleitenden Heiligen befinden sich in der Akademie zu Florenz. In dem zuletzt genannten Gemälde ist das Kind unbekleidet. Ausser jenen sechs Heiligen haben noch zwei Engel neben dem Throne der Gottesmutter Platz genommen. Sechs weitere Heilige umgeben in der Predella den im Grabe stehenden Erlöser. Aehnlich, doch ohne Engel, ist die aus dem Dominikanerinnenkloster herrührende Tafel. Nach Rio wären beide Werke erst nach der römischen Reise des Malers, um 1450, entstanden. Für die leider übermalte und auseinander gerissene Tafel aus S. Marco hatte Fra Angelico (1438 f.) sein bestes Können aufgewandt. Er verliess in ihr die Richtung Giottos und lenkte stark ein in die Bahn der Neuern. Die sechs Heiligen stellte er nicht mehr wie vereinzelte Statuen neben die Hauptfigur, sondern fasste sie zu Gruppen zusammen. Er hat sie als Gefolge ihrer Königin grossartiger und freier behandelt als die meisten seiner andern Gestalten. Dies Altarbild war eben für das grosse Publikum und für die von den ehrgeizigen Mediceern erbaute Kirche bestimmt, somit der Kritik der zahlreichen und bedeutenden Künstler der Arnostadt anheimgestellt. Der hl. Antonin musste als Prior darauf dringen, hier ein möglichst vollendetes Werk aufzustellen, sein demüthiger Untergebener mit vollem Herzen auf dessen Wünsche eingehen. Zu beiden Seiten erblicken wir die hll. Dominicus, Franciscus und Petrus Martyr, sowie Laurentius, Paulus und Marcus; vor ihnen knien Cosmas und Damian, einige kleine Engel aber umgeben sie. Die Predella enthielt Scenen aus der Legende der Heiligen Cosmas und Damian. Zwei (die Heilung eines kranken Beines und das Begräbniss) hängen in der Akademie, zwei andere befinden sich in der Kirche der Santissima Annunziata, drei weitere in der Pinakothek zu München. Eines ist aus der Sammlung Lombardi zu Florenz jüngst für die Galerie zu Dublin erworben worden. Die Münchener Bilder (Nr. 989—991) sind 0,43 m hoch und 0,36 m breit. In Nr. 989 stehen Cosmas und Damian mit ihren drei Gefährten vor dem Richter. Die Architektur des Hintergrundes hat Renais-

sanceformen und erinnert an die später zu behandelnden Wandgemälde der Kapelle Nikolaus' V. zu Rom. In Nr. 990 erscheinen die fünf Martyrer im Vordergrund vor dem Richter, im Hintergrund werden sie ins Meer gestürzt. In Nr. 991 hängen zwei am Kreuze, die drei andern stehen vor ihnen. Die Pfeile und Steine, welche gegen die Gekreuzigten geschleudert werden, kehren zurück und wenden sich gegen die Henker. Die Farbe ist, vielleicht infolge einer Uebermalung, etwas schwer [1].

Ein kleines, 0,37 × 0,28 m grosses Temperagemälde hat das Städelsche Institut zu Frankfurt a. M. 1831 für 1650 Gulden von H. Benucci gekauft [2]. Auf reich vergoldetem Grunde thront die Madonna in schön gemustertem Kleide unter einem achteckigen Tabernakel. Mit der Rechten liebkost sie ihr Kind, ihre Augen wenden sich gegen sechs zur Linken stehende Engel. Ebenso viele finden sich zur Rechten. Keiner hat ein Musikinstrument; sie begnügen sich, das Kind anzubeten und der Mutter ihre liebevolle Hingabe auszudrücken. Bei mehreren ist die Stirnlocke zu einem kleinen Büschel aufgekämmt. Die Farben ihrer Gewänder entsprechen sich

----

[1] Nach andern Nachrichten sollen diese Bildchen aus der Farmacia di S. Marco stammen. Vgl. *Vasari* II (ed. Milanesi) 510, annot. 1. *Crowe* II, 152, Anm. 47. *Marchese* II (2. Aufl.), 248. *Rio* II, 354, note 1. „Ceux de la galérie de Munich sont évidemment d'une autre main." Das Bild Nr. 992, worin ein Mann (Nikodemus) Christi Leiche aufrecht im Grabe hält, neben dem Maria und Johannes stehen, die Christi Hände küssen, ist so gross wie Nr. 989—991, hat aber etwas andern Charakter. Die Fiesole zugeschriebene Anbetung der Könige (Nr. 1001) hat grösseres Format, ist zarter und reicher mit Gold verziert. Die Verkündigung Nr. 993 und 994 ist mit Recht als Arbeit eines Schülers des Fra Giovanni bezeichnet.

[2] Es ist vielleicht das bei *Vasari* II (ed. Milanesi), 512, annot. 2, erwähnte Bild des Oratorio di S. Ansano.

rechts und links und bilden gleichsam einen Ton
und sein Echo, ein Gewicht und ein Gegengewicht. Die Nimben sind mit sechsblätterigen
Blümchen versehen. Eines der berühmtesten Ma-
donnabilder ist das noch in Fiesole gemalte, jetzt
in den Uffizien aufgestellte Triptychon der
Flachshändler (arte dei Linajuoli; Bild 30).
Frate Guido, „vocato Frate Giovanni", übernahm
am 11. Juli 1433 die Arbeit für 190 Goldgulden[1].
Die mehr als lebensgrosse Madonna ist prachtvoll drapirt. Ihr blauer Mantel bedeckt ihren
Scheitel und umhüllt fast die ganze Gestalt. Dem
Wunsche der Besteller entsprechend wurden Gold
und Silber reichlich verwendet. Jener Mantel
ist darum mit einer breiten gemusterten Gold-
borte versehen. Auch das braune Kleid des
Kindes ist mit Gold umsäumt. Noch kost-
barer sind die Nimben. Die Flügel tragen
vier fast lebensgrosse, stark nachgedunkelte
Figuren: auf der innern Seite die hll. Johannes den Täufer und Marcus, auf der äussern die hll. Petrus und Marcus. Letzterer ist
wiederholt, um als Patron der Besteller auch
nach Schliessung der Tafel sichtbar zu bleiben.
Mit Recht hebt Rio hervor, diese fünf grossen

[1] Der von Baldinucci (Notizie de' professori del disegno da Cimabue in quà I, 416) gegebene Contract besagt: „Allogorno a frate Guido, vocato frate Giovanni,
dell' ordine di san Domenico di Fiesole, a dipingere un
tabernacolo di Nostra Donna nella detta arte, depinto di
dentro e fuori con colori, oro e argento variato, de' mi-
gliori e più fini che si trovino, con ogni sua arte e in-
dustria, per tutto, e per sua fatica e manifattura, per
fiorini cento novanta d'oro, o quello meno che parrà alla
sua coscienza, e con quelle figure che sono nel disegno."
Der Contract über den Rahmen vom 29. October 1432 bei
Gualandi, Memorie italiane risguardanti le Belle Arti (Bologna 1843) ser. IV, n. 139, p. 109. Vgl. *Vasari* II (ed.
Milanesi), 514. Rio (II, 351) nimmt mit Marchese irrthümlich an, Ghiberti habe den Rahmen des Bildes angefertigt.

Figuren bewiesen trotz ihrer Vorzüge, Fra Angelico sei im Jahre 1433 noch nicht Herr über
seine Gebilde gewesen, wenn er sich an einen
grössern Massstab wagte. Alle Hände und die
Füsse des Kindes lassen zu wünschen übrig.
Sobald der Maler sich wiederum kleinen Gestalten zuwendet, offenbart er seine ganze
Liebenswürdigkeit. Schon die drei — unserer
Abbildung fehlenden — Bilder der Predella sind
vortrefflich. Sie zeigen neben der Anbetung der
Könige, worin Roth vorherrscht, die Predigt des
hl. Petrus, welche von Marcus aufgeschrieben
wird, und einen die Verfolger des hl. Marcus erschreckenden Meeressturm. Die Glanz-
punkte des Bildes, das auf dem linken Knie
der Mutter stehende Kind und die zwölf Engel
der Umrahmung, sind der Magnet der Copisten;
ihre Reproduction ist der gangbarste Artikel
der Bilderverkäufer zu Florenz. Auch hier steht
also, wie in manchen andern Tafelbildern des
Künstlers, die Güte der einzelnen Figuren im
umgekehrten Verhältniss zur Grösse.

Schon die sechs Engel des Reliquiars aus
S. Maria Novella (vgl. S. 16) waren reizende
Figürchen, aber die zwölf hier rings um die
Madonna gemalten gehören zum Vortrefflichsten,
was der Pinsel unseres Malers schuf (Bild 31
und 32). Bezeichnen wir diese Engel, unten
zur Rechten der Gottesmutter beginnend und
dann um den Rahmen auf und niedersteigend,
mit den Ziffern 1—12, so musiciren 1—5 und
8—12, während die beiden obern (6 und 7) mit
etwas gebogenem Knie und gefalteten Händen
den Gottessohn anbeten. Der 1. spielt auf einem
kurzen, geraden Blasinstrument, der 12. schlägt
mit einem Klöpfel die Trommel, während der
2. wie der 10. mit der Hand auf einem mit
sechs Glöckchen versehenen Tamburin spielt.
Der 10. ist wie der 3. und 11. stark bewegt.
Die beiden letztgenannten halten ein grosses

Bild 30. Die Madonna der Flachshändler.
In der Galerie der Uffizien zu Florenz.

Bild 31. **Musicirende Engel.** Bild 32.
Aus dem Triptychon der Madonna der Flachshändler in der Galerie der Uffizien zu Florenz (vgl. Bild 30).

Blasinstrument. Ruhig stehen der 4. und 9.; sie haben eben mit feinern Instrumenten zu thun, mit einer Violine und mit einer Zither. Der 5. trägt eine Handorgel, der 6. begleitet deren Ton mit Metallscheiben, die er gegeneinander schlägt.

Die Musik wird also nach oben hin feiner und klingt im Gebete der beiden letzten Engel (6 und 7) aus.

In den Uffizien hängt diesem herrlichen Werk eine 1413 von Lorenzo Monaco († 1425) gemalte Krönung Mariens gegenüber. Leider hat sich ihr Blau zu einem stechenden Ton verändert; aber auch in ihr sind die Engel allerliebst, die Predellabilder vorzüglich. Fast möchte man meinen, Lorenzo habe hier von Giovanni gelernt, den Engeln jenen ätherischen und fröhlichen Charakter zu verleihen, Giovanni aber von Lorenzo, die Köpfe der Apostel ernst, gross und kräftig zu geben. Lorenzos Composition hat jedoch nicht das Freie, Wechselvolle, Abgerundete des Fra Angelico, ist alterthümlicher und steht den grossen Fortschritten der Zeit ferne. Bei beiden ist der Faltenwurf noch gotisch und oft in parallele Winkel gelegt. Es sind dieselben Motive, die auch in Frankreich und Deutschland Verwendung finden; nur sind sie, der italienischen Gotik entsprechend, mehr weich und voll, aber weniger tief und eckig. Die untere Seite der Falten ist in stilistischer Weiterbildung der Ergebnisse des Naturstudiums meist eingebauscht und dunkel, die obere so hell, dass die höchsten Stellen oft ganz weiss werden.

In Verwendung von Engeln ist Fra Angelico fast verschwenderisch. Nichts scheint ihm nach Christus und Maria lieber gewesen zu sein, nirgendwo hat er mehr Erfolg. Uebrigens besteht zwischen seinen Heiligen und seinen Engeln eine grosse Familienähnlichkeit. Sie erscheinen als die verklärten Kinder eines Hauses. Doch sind die Engel beweglicher, weniger körperlich, leichter gekleidet und lichter in der Farbe. Kindliche Unschuld, fröhliches Spiel vereint sich bei ihnen mit vernünftigem Thun, Freude mit Bewegung. Die leichten Flügel und der helle Nimbus dienen ihnen als leuchtender Schmuck.

In manchen Bildern tragen die Engel unseres Malers als Kopfputz oberhalb der Stirne goldene oder farbige, im Haar sich erhebende Plättchen in Form feiner, nach oben zulaufender, flacher und ausgerundeter Dreiecke. In spätern Gemälden bildet er sie nach Art der Flämmchen oder Feuerzungen, welche oft bei Pfingstfestbildern über den Häuptern der Apostel schweben. Sie sind dann Zeichen des in den Engeln wohnenden Geistes Gottes[1]. Die Darstellung reiner Geister in menschlicher Gestalt ist eine der schwersten Aufgaben der christlichen Kunst. Keiner ihrer Gegenstände ist von der Renaissance „unwürdiger behandelt und mehr profanirt worden"[2]. Perugino, Raffael und ihre Schule machten aus den Fürsten des Himmels naive Kinder. Fra Angelico hält fest an den biblischen Schilderungen und an den Ueberlieferungen des Mittelalters. Oft malt er die Seraphim mit sechs Flügeln, meist aber haben ihm die Berichte des Buches Tobias vorgeschwebt, worin Raphael als schöner, vornehmer Jüngling auftritt. Seine Engel bleiben intelligente, mächtige Diener und Boten des Höchsten. So schön sind sie, dass Michelangelo zu sagen pflegte: „Dieser gute Mönch muss das Paradies besucht und die Erlaubniss gehabt haben, dort seine Vorbilder zu suchen."[3]

Eigenthümlich wirken bei den Bildern der Krönung Marias und des Gerichtes die Posaunen, deren die Engel sich bedienen. Sie sind den damals zu Florenz bei Festen verwendeten nachgebildet, werden oft doppelt so lang, als ihre Träger hoch sind, und ragen in dunkler Farbe keck in den Goldgrund hinein. Der fromme

---

[1] Auf einigen Bildern seiner Vorgänger besteht dieser Kopfschmuck der Engel aus aufstehenden Bandzipfeln, bei andern, wie bei ihm, aus dreieckigen Plättchen. Als Beispiel der ersten Art dienen die Bilder Nr. 10 und 14 der Uffizien, für die zweite Art vergleiche man Nr. 31 ebendaselbst.

[2] *Phillimore*, Fra Angelico p. 31: „Perhaps, none of the Christian subjects have been more unworthily profaned by the Renaissance."

[3] *Mantz*, Les chefs-d'œuvre de la peinture italienne p. 82.

Bruder scheute sich nicht, die Engel so darzustellen, dass sie einen Tanz aufführen. Ein freudig bewegter Himmelsfürst beginnt den Reigen, worin Engel und Auserwählte abwechseln, sich die Hand reichen und über blumige Hügel fröhlich zu den Höhen des Paradieses, zu den glänzenden Thoren der Stadt des himmlischen Jerusalems ziehen [1]. Die Schwierigkeit der Ausführung, die Gefahr, trivial oder kindisch zu werden, hat von weiterer Verbreitung dieser bereits von Orcagna in der Kapelle Strozzi zu Maria Novella geschilderten, lieblichen Episode abgehalten. Uebrigens wusste Fra Angelico auch hier Mass zu halten; er lässt keinen der canonisirten Heiligen, die er stets durch Nimben auszeichnet, an diesem fröhlichen Zug theilnehmen, sondern nur namenlose, in die Seligkeit aufgenommene Auferstandene. Welch feiner Adel liegt in seinem Festjubel, wenn man ihn vergleicht mit den Schnitzarbeiten der Antwerpener

[1] Die Darstellung der Seligkeit durch einen solchen Reigentanz war in der Ueberlieferung begründet. So sagt der hl. Bonaventura (Dictae salutis tit. X. De gloria paradisi c. 6, Opera ed. Lugd. VI, 323): „Illa gloria coelestis habet amantissimam societatem, quia sancti coram Deo semper faciunt *choream* omni iucunditate plenam. Unde nota, quod in illa coelesti chorea vel ballata sunt tria devotissime consideranda, scilicet innumerabilis coetus, *interminabilis circuitus* et inaestimabilis cantus . . . Et sicut in aliis choreis est *unus ducens totam choream*, ita Christus est et erit ille chorealis ductor, ducens ac praecedens illam societatem beatissimam. . . . Et sciendum, quod illa beata chorea non vadit ad sinistram partem, sicut chorea mundi. . . . Propter quod dicitur in Proverbiis: Vias, quae a dextris sunt, novit." Fra Angelico hat in richtigem Tact nicht Christus, sondern einen Engel an die Spitze der im Bilde Tanzenden gestellt. Das war um so mehr gerechtfertigt, weil sie sich noch ausserhalb des himmlischen Jerusalems befinden. Die Wendung nach rechts gibt er der Reihe sowohl in dem Bilde der Akademie als in jenem, das aus der Sammlung des Cardinals Fesch nach London (Dudley House) kam.

Altäre des 16. Jahrhunderts, wo die Hirten in bäuerischer Weise umherhüpfen, weil die Engel ihnen „grosse Freude" verkünden! Aber auch alle Italiener seiner Zeit, am meisten die grossen Meister der Zeit um das Jahr 1500, überragt Fra Giovanni durch den ätherischen Charakter seiner Gestalten. Sandro Botticelli wagte sogar in einer in den Uffizien hängenden Krönung Marias durch Engel in einem dieser Engel Lorenzo de' Medici zu porträtiren. Angelicos Engel sind jugendliche Gestalten, sinken aber nie herab in die Formen ungelenker, fast noch unvernünftiger Kinder, die wohl durch Naivetät und Unschuld unser Herz gewinnen, nicht aber durch Geist, Behendigkeit und unsterbliche Kraft. Solche Wesen höherer Art überdies der Kleider zu berauben und Putten oder Amoretten zum Verwechseln ähnlich zu machen, hätte er als Entwürdigung angesehen.

Wie die Zeichnung, so bleibt die Farbe leicht und fein; sind die Gestalten seiner Engel Gebilde der religiösen Phantasie, so bleiben auch ihre Farben weit verschieden von denen, die uns die wirkliche Natur und das verschiedene Einfallen irdischen Lichtes bieten. Sie glänzen in Tönen, die für Idealgestalten passen, für Wesen der mystischen Poesie. Auch bei seinen Engeln war alles ihm Mittel zur Aussprache des Gedankens. Wollte er bei den Kreuzesbildern zum Mitleid, sogar zur Busse führen, so sucht er hier durch die weit ausgestreckten Posaunen und das sanfte Spiel der feinern Instrumente die geistige Freude darzustellen, welche den Mystikern am rechten Ort gerade so wichtig war als die Trauer bei Betrachtung des Leidens.

Nirgendwo zeigen Angelicos Engel eine grössere Schönheit als in den Bildern der Verkündigung; waren doch in ihnen nur zwei Personen zu schildern: Gabriel mit der Königin der

Engel in der vertraulichsten Unterhaltung über das höchste Geheimniss!

Eigenthümlich ist in den Uffizien ein Bild der Vermählung Mariens (Bild 34, S. 78)[1]. In der Mitte legt der Hohepriester die Hände Marias und Josephs zusammen. Hinter dem Bräutigam stehen drei Gruppen von je zwei Freiern. Die beiden ersten schlagen mit Fäusten auf seinen Rücken; die folgenden klagen sich ihr Missgeschick; die letzten zerbrechen ihre dürren Stäbe. Auf Josephs blühendem Stabe sitzt eine Taube. Zwei ältere Männer und zwei Trompeter beschliessen die Composition nach dieser Seite hin. Auf der andern Seite stehen hinter Maria vier Frauen, drei Jungfrauen und zwei Kinder. Den Hintergrund bildet eine Terrasse, zu der Stufen emporführen. Das Bild erinnert sehr an Ghirlandajos Fresken (1490) in S. Maria Novella. Dass die Freier den erwählten Bräutigam so schlagen, ohne dass er oder irgend eine andere Person es merkt, ist

[1] Gleichklang der Farben ist in den meisten Bildern des Fra Angelico zu finden, und zwar mehr als in denen seiner Zeitgenossen. Am auffallendsten ist er vielleicht durchgebildet in diesem Bilde der Vermählung Marias. Bezeichnet man dessen einzelne Figuren mit Ziffern, so ergibt sich folgendes Schema, worin 10 und 12 Maria und Joseph, 11 den Priester, die übrigen Ziffern andere Personen bezeichnen.

```
        4   (7)                        (18)
  1   3   6     9   11   13   15  (17)     19
    2   5     8   10   12   14   16           20
```

Mennigroth sind: 4 (Mantel), 6 und 14 gekleidet.
Dunkelviolett: 2, 9 und die Mütze von 1.
Hellviolett: 4 (Kleid), 10, 12 und 19.
Dunkelblau: 8 und 17.
Hellblau: 2 (Mantel), 5, 10 (Kleid) und 16.
Grün: 3, 11 und 15.
Gelb: 1, 6 (Kleid), 9 (Mantel), 20 (Kleid).

Nur die Köpfe sind bei 7, 17 und 18 sichtbar. Die Gebäude im Hintergrund sind gelb, der Himmel oben rechts ist blau, der Rasen unten grüngelb. Roth und Blau sind oft so stark mit Weiss gemischt und getönt, dass sie herrlich zusammengehen.

auffallend. Aehnliche Misshandlung des hl. Joseph findet man übrigens auch auf flämischen Bildern aus dem Beginn des 16. Jahrhunderts, z. B. in Dortmund und Schwerte[1]. Das Motiv muss aus einer im 15. Jahrhundert weit verbreiteten Legende stammen.

Ein Seitenstück zu dieser Vermählung ist das Bild des Todes Mariä in den Uffizien. Es schliesst sich eng an die althergebrachte byzantinische Darstellung an. Die Jungfrau liegt auf der Bahre, ohne dass der Tod ihre Züge entstellt hat; sie scheint für einige Zeit ruhen zu wollen. In der Mitte des Bildes ragt hinter der Leiche die grossartige Gestalt Christi hervor. Sein azurblaues Gewand ist mit zahllosen Sternen besät. Leuchtend und verklärt ist er vom Himmel herabgestiegen; er trägt die als Kind gebildete Seele seiner Mutter auf dem Arm, um sie mit sich hinaufzunehmen in die lichte Höhe. In stiller Trauer umgeben die Apostel die Bahre. Zu Häupten der Entschlafenen sagt Petrus die kirchlichen Gebete für die Verstorbenen her. Zwei Apostel stehen neben ihm. Zu den Füssen Marias hält ein vierter Apostel jene Palme, die ein Engel der Gottesmutter überbrachte, um ihr den nahenden Tod anzukünden. Weil bei den Begräbnissceremonien vor der Leiche ein Kreuz getragen wird, hat Fra Angelico der Palme oben drei kreuzförmig ausgebreitete Blätter gegeben. Die vier Leuchter, welche beim kirchlichen Gottesdienst in Florenz zur Zeit des Malers stets um die Bahre gestellt wurden, fehlen nicht. Vier Engel mit zwei Kerzen, einem Rauchfass und einem Weihwassergefäss vertreten die Chorknaben. Man ersieht aus diesem Bilde klar, wie Fra Giovanni, gleich andern Malern derselben Periode, die Sitten

[1] *Münzenberger* und *Beissel*, Zur Kenntniss und Würdigung der mittelalterlichen Altäre Deutschlands II, 34 f.

seiner Zeit schildert. Somit gibt es uns das Recht, ja die Pflicht, auch bei andern Schilderungen, z. B. bei der eben erwähnten Vermählung, manche Züge aus den damals zu Florenz herrschenden Gebräuchen zu erklären.

Ein anderes Bild des Todes Mariä besitzt Mr. Fuller Maitland in Stanstaed House bei London. Da auch dieses Gemälde sich an die alte byzantinische Darstellungsart hält, ist es früher als Arbeit Giottos angesehen worden. Ebendaselbst befindet sich ein anderes Gemälde, worin Fra Giovanni die Himmelfahrt Marias darstellte. Die Gottesmutter wird von Engeln in einer Mandorla emporgetragen. Unten knien neben ihrem Grabe Franciscus und Bonaventura. Das Werk wird also aus einer Franziskanerkirche stammen [1].

Cartier [2] schreibt dem Fra Angelico eine andere, auf Goldgrund ausgeführte Himmelfahrt oder Glorification Marias zu. Die Jungfrau trägt einen weissen, mit Gold verzierten Mantel und sitzt mit gefalteten Händen in einem elliptischen, von den Chören der Engel umgebenen Kranze. Christus neigt sich zu ihr herab und breitet seine Hände aus, sie zu empfangen.

Eine zarte Darstellung des Todes und der Himmelfahrt der Gottesmutter ist im Besitz des Lord Methuen [3]. Die im untern Drittel gegebene Darstellung des Todes erinnert an das Bild der Uffizien, doch fehlen die Engel. Petrus, den zwei Apostel begleiten, vollendet eben die Gebete; zu den Füssen der Verstorbenen hält ein Apostel eine büschelförmig endende Palme; vier weitere Apostel beugen sich schon, die Bahre aufzuheben und weg-

zutragen, um die vier Leuchter gestellt sind. In der Mitte hält Christus die in Gestalt eines Kindes gebildete Seele. Im obern Theile schwebt Maria mit erhobenen Händen auf lichten Wolken in einem Strahlenkranze empor zu Christus, der dort im Brustbild erscheint und von sieben Seraphim umgeben ist. Er neigt sich auch hier und breitet seine Hände aus, die Mutter zu empfangen.

Um Maria finden wir in allen drei Abtheilungen andere Engel. Unten bewundern vier, auf Wolken kniend, die aufsteigende Jungfrau, oben schweben zu jeder Seite je drei musicirende Himmelsgeister: zwei blasen in lange Posaunen, einer hat eine Handtrommel, drei spielen auf Saiteninstrumenten. In der Mitte tanzen in fröhlichem Reigen vierzehn Engel, von denen aber nur elf mehr oder weniger sichtbar sind. So hat Fiesole einundzwanzig Engel in leichter Bewegung um ihre Königin geordnet, kniend, tanzend oder schwebend um einen Mittelpunkt, mit dem sie emporziehen.

Zu grossartiger Gruppirung und Farbengebung erhebt sich der „englische" Maler in seinen Bildern der Krönung Marias. Eines derselben bewundert man in der reichen Sammlung der Uffizien (siehe Titelbild), wohin es aus S. Maria Nuova, der Kartause in Val d' Ema bei Florenz, kam. Der Herr setzt nicht der demüthigen Magd die lang verdiente Krone auf, sondern erhebt in vornehmer und zarter Weise den rechten Arm, um eine letzte, in Gold gefasste Perle in die Krone einzufügen, welche die Königin schon trägt. Nicht weniger als vierzig lichte, schlanke Engel, in farbenprächtigen, mit Gold verzierten Gewändern, finden sich im Bilde. Ein Theil derselben hat um den Thron einen fröhlichen, von Gesang begleiteten Tanz begonnen. Drei zur Rechten und drei zur Linken bilden Anfang und Ende des nach rechts gehen-

---

[1] Beide Bilder kommen aus der Sammlung Ottley und gehörten ursprünglich wohl zusammen. Vgl. *Crowe* II, 165.

[2] *Vie de Fra Angelico* p. 343.

[3] *Revue de l'art chrétien* 1894, XXXVII (V), 370 s. (Mit guter Abbildung.)

den Reigens. Zu beiden Seiten stehen zahlreiche Engel mit den verschiedenartigsten Musikinstrumenten. An sie schliesst sich die Schar der Seligen und Heiligen an. Das lebendige Treiben, womit die in schönster Jugendfrische auftretenden, in die Freuden des Himmels längst eingelebten Engel behend ihren Gefühlen fröhlichen Ausdruck verleihen, findet sein Gegengewicht in der grossen Ruhe der Auserwählten. Sie haben des Tages Hitze und Last getragen; eingetreten in den ewigen Frieden, sehen sie hin auf das neue Schauspiel, das sich ihnen darbietet. Gleich einem auserwählten Zuschauerkreise bleiben sie an den Seiten stehen und lassen so in der Mitte vor dem Throne einen weiten Raum frei, in den die Engel eintreten, um ihren Rundtanz fortzusetzen. Unten knien vier grössere Engel im Vordergrund. Ein Paar derselben musicirt, das andere schwingt Rauchfässer. Hinter ihnen drängt sich von den Seiten her die Schar der Auserwählten, ohne jedoch den Kreis zu schliessen und vorne zusammenzutreten. Dadurch bleibt eine Oeffnung, welche dem Beschauer gleichsam den Zutritt zum Throne frei lässt [1].

[1] Eine interessante Parallele zu den Krönungsbildern unseres Malers bieten Berichte der Zeitgenossen über den Empfang des Königs Friedrich III. in Florenz und die Krönung seiner Gemahlin zu Rom: „Die Priesterschaft mit dem Heiligthum seyn bei der Stadt dem König entgegen kommen und niderknyet, darnach allmächtig Frauen und köstlich schön wohlgeziert Jungfrauen, nach dem Höchsten bekleidet, und haben den König empfangen mit Niderknyen, darnach das gemein Volk von Mann, Frau und Kindern eine grosse Schaar. . . . Die schön jung und zarte Königin, die war wohl geziert, und war ihr Haar schön und weidenlich über ihrem Nacken zugericht und ihr Schaittl ganz bloss, und vast lieblich anzusehen; da ward sie für St. Peters Altar geführt. . . . Darnach ihr die Crone aufgesetzt, die insonderheit darzu gar köstlich war bereitet, und dann geführt zu ihrem Stuhl" (*Pastor*, Geschichte der Päpste I [Freiburg, Herder, 1886], 372 f. [vgl. 377]. 380).

In der Schar der Heiligen stehen auf einer Seite der Bischof Nikolaus, der Abt Egidius, Dominicus, Hieronymus, Benedikt und die Apostelfürsten, auf der andern Maria Magdalena, Katharina, Stephanus und Petrus Martyr.

Unbeschreiblich ist die Harmonie der Farben. Gold herrscht im Grunde und in den Verzierungen; unter den Farben ist Blau am meisten vertreten, Roth vielfach, Grün hier und da, Braun und Schwarz wenig. So keck ragen die dunkeln Posaunen in den Goldgrund hinein, die Farbenharmonie des Bildes ist so glücklich gestimmt, dass man meint, den Festjubel und die Melodien der musicirenden Engel zu vernehmen. Der Reichthum der Töne ist fast unerschöpflich. So geht ein blaues Kleid in lichten Stellen durch Grün in Gelb über; ein grünes wird da, wo es am hellsten ist, gelb. Oben ist Marias Mantel, der sie ganz umhüllt, hellblau wie derjenige Christi. Roth ist des Herrn Kleid sowie je ein tanzender Engel neben dem Thronenden. Von den beiden folgenden Engeln neben dem Heilande hat der vordere schwarze, mit viel Weiss gehöhte Gewänder, der andere blaue; die beiden entsprechenden Engel der andern Seite neben Maria tragen dieselben Farben in umgekehrter Ordnung.

Roth ist unten im Vordergrunde sowohl rechts als links die erste Figur: Hieronymus unter Maria und Magdalena unter Christus. Vor Magdalena kniet ein blauer, vor Hieronymus ein grüner Engel. Dagegen steht neben jener Büsserin eine Heilige in grünem Kleide, neben dem Kirchenvater ein Bischof (Augustinus?) in blauem Chormantel. Weiter finden wir im Vordergrunde neben Magdalena eine in hellem Lila und eine in Blau gekleidete Heilige, neben dem hl. Hieronymus aber an der entsprechenden Stelle einen Bischof mit Stola und Chormantel von rother Farbe. In ähnlicher Art entsprechen sich rechts und links Dominikaner und Dominikanerinnen in schwarzen Mänteln.

Zu diesem Gleichgewicht der Farben, das sich in vielen Bildern Fra Angelicos fast wie ein zweiseitiges geometrisches Schema einzeichnen lässt, kommt der alles zusammenfassende Goldglanz im Hintergrunde, in den Nimben, Gewandsäumen, Bischofsstäben und in den Verzierungen oder Mustern vieler Kleidungsstücke. Die Haare sind meist gelb, also zum Nimbus gestimmt, die Gesichtsfarbe etwas gelblich. Am Halse sind die Gewänder meist mit goldenen Ornamenten oder Borten besetzt, wodurch der Uebergang von der Fleischfarbe zum Roth oder Blau der Tracht vermittelt wird.

Jules Helbig stellt sich die Frage: „Ist Fra Angelico ein Colorist?" Seine Antwort lautet: „Ich weiss nicht, was ich sagen soll. Er hat ein gelbliches Roth, welches hervortritt wie die Fanfare einer Trompete, und ein tiefes Blau von der herben Reinheit des Lapis lazuli. Neben diesen fast schreienden Tönen stehen die weichen Farben des Fleisches, vergleichbar den feinen und zarten Blüthen einer Rose, die noch unberührt blieb von der Cultur. Zwischen allen seinen ‚Dissonanzen' leuchten die goldenen Nimben und Strahlenkränze der Heiligen, glitzern goldene Sterne aus dem mit Indigo gemalten Himmel. Ueber das Ganze aber fluthet ein ätherisches Licht, das nichts gemein hat mit dem unserer Sonne. Es wirft keine Schatten und blendet nicht. Wir bewundern die Farbenpracht und mögen uns den Genuss nicht verderben, indem wir den Massstab der heute geltenden Regel daran anlegen."

Schlegel ergänzt diese Ausführungen in der eingehenden Beschreibung der gleich zu besprechenden Pariser Krönung Mariens. Sie ist nach seinen Untersuchungen zuerst ganz vergoldet worden, erst auf das Gold kamen die Farben. Der Maler nahm also nicht, wie dies sonst oft geschah, jene Theile, welche Farben erhalten sollten, von der Vergoldung aus. Da er auf dem Goldgrund mit sehr dünnen Farben arbeitete, blieben diese durchsichtig, somit wird das Licht durch den Untergrund zurückgeworfen. Das Auge findet darum kaum einen stillen, schattigen Theil, bei dem es ausruhen kann. Man muss freilich zur rechten Beurtheilung dieses Glanzes, der in den modernen, mit Oberlicht ausgestatteten Galeriesälen stört, nicht übersehen, dass diese leuchtenden Gemälde für Altäre entstanden sind, die meist an ziemlich dunkeln Orten aufgestellt sind, wo es nöthig wird, grössere Lichtfülle zu sammeln. Dort, am ursprünglichen Bestimmungsorte, fiel demnach jenes Uebermass der Farbenwirkung weg, das reichere Werke des Fra Angelico und mancher seiner Zeitgenossen in den Galerien bieten. Andererseits ist festzuhalten, „dass in grossen künstlerischen Naturen auch die Farbe zum Ausdruck ihres geistigen Lebens gestaltet wird. Die Farbe des leuchtenden Edelsteines ist unmaterieller als die jener Stoffe, die erdiger und weniger lichtbrechend sind: ihr Reiz ruft höheres Wohlbehagen hervor, weil er geistig ist. So ist auch in Giottos und Fra Angelicos Colorit eine vergeistigte Farbe vorhanden, die lichtgesättigt einen höhern Reiz, ein gesteigertes Wohlbehagen hervorruft. In der Schilderung himmlischer Zustände lässt Fra Angelico seine Engel und Heiligen in lichtreichen und verklärten Farben strahlen, die an die Lichtbrechung des Edelsteines oder des Regenbogens erinnern.

„Er fasst die Farbe als Reiz in einer mehr immateriellen Erscheinungsform auf und ruft deshalb jenes höhere Behagen hervor, das uns der strahlende Regenbogen gewährt. Daher ist die Aureola um den thronenden Erlöser in der alten Kunst dieser zarten Lichterscheinung nach-

gebildet. Den Engeln als immateriellen Sub-
stanzen kommt eine ideale lichtreiche Farbengebung zu. . . . Die krystallene Klarheit, welche
die Offenbarung dem himmlischen Jerusalem zuschreibt und die durch farbige Edelsteine an-
muthige Reize erhält, findet so in der künstlerischen Empfindung des Mittelalters ihre Würdigung." [1] Ein grosses Glück für Angelico war
die Güte seiner Farben. Ihr verdankt er die vortreffliche Erhaltung seiner meisten Tafelbilder.
Es scheint, sie seien erst gestern oder vorgestern
gemalt. Auch in der Auswahl des Materials
zeigt sich also seine ruhige Sorgfalt und seine
gründliche Arbeit.

Die Madonna kleidet Fiesole in seinen Ver-
kündigungsbildern in einfaches Roth und Blau.
Sie bleibt eine demüthige Magd des Herrn. In
den Bildern der Krönung erscheint sie dagegen
als vergeistetes Wesen in leuchtenden Gewändern. In unserem Bilde der Krönung sitzt sie
mit ihrem göttlichen Sohne auf einem gemein-
samen Throne. Zwischen beiden gehen aus
einem Mittelpunkte Strahlen aus, welche in
einer an das glänzendste Nordlicht erinnernden
Glorie enden. Mit allen Mitteln, welche ein
plastisch behandelter Goldgrund bietet, ist der
Glanz eines solchen Lichtes nachgeahmt oder
jener der Sonne, die bereit ist, in das hellste

---

[1] *Frantz*, Fra Bartolommeo S. 26 f. Anders urtheilt
freilich *Mantz* (Les chefs-d'œuvre de la peinture italienne
p. 77): „On nous permettra donc de dire qu'il y a dans
le Couronnement de la Vierge des tonalités trop
franches, des teintes plates et dures qui impressionnent
désagréablement le regard. L'abus [!] des ors
n'est pas moins regrettable: l'emploi exagéré de la dorure
a pour résultat d'amoindrir singulièrement la valeur lu-
mineuse des têtes; enfin, les accessoires trop multipliés,
les ornements de toutes sortes, les orfévreries qui abondent
dans ce tableau, diminuent la grande impression de
l'ensemble: c'est un malheur assurément, car, si l'harmonie n'est pas dans le ciel, où donc sera-t-elle?"

Morgenroth emporzusteigen. Ein altes deutsches
Lied sagt:

> Und ob schon Tag und Nacht
> Sonn', Mond und Sternenpracht,
> So schön als nie erdacht,
> Den Himmel malen:
> Doch ich ihr Licht veracht',
> Wenn Jesu Namens Macht
> Des Herzens Nacht verjagt
> Mit seinen Strahlen.

Solcher Poesie entsprechend, stellt Fra Angelico Jesum und seine Mutter in den Mittelpunkt des Bildes, lässt er von ihnen alles
Licht ausgehen, wie es in Correggios Heiliger
Nacht ausstrahlt von dem göttlichen Kind, dem
wahren Licht, das in diese Welt kam, alle
Menschen zu erleuchten. Bei Fra Angelicos
Krönungsbildern findet dies Licht keine Finsterniss, sondern nur verklärte Gestalten, die es
aufnehmen und widerstrahlen. Sie erinnern an
Thautropfen, in denen sich das Licht sammelt
und nach allen Seiten hin zum farbenprächtigsten
Spiel sich verbreitet. Dabei gibt der Lichtquell,
welcher in jenem Gemälde bei den beiden Figuren entspringt, die dem Inhalte und Werth
nach den Schwerpunkt der Composition bilden,
ein Centrum, das die herrlichste Einheit in die
Menge der Seligen bringt. Vielleicht hat der
Maler nie die herrliche Pracht eines Nordlichtes
gesehen; aber wenn er sie je schaute, hat er
sie mit Glück und Erfolg nachgeahmt.

Die Krönung der Kartause entstand noch
in Fiesole, also vor 1436. Dort malte er wohl
auch für die Kirche seines Klosters die zweite,
jetzt im Louvre befindliche, 2,12 m hohe, 2,90 m
breite Krönung. Das Bild hat freilich durch Uebermalung gelitten. Es kam infolge der Napoleo-
nischen Eroberungskriege im Beginn dieses Jahrhunderts nach Paris. Als die Commission der
Verbündeten im Jahre 1814 die geraubten Kunst-
schätze durchging, um die werthvollen zurück-

zufordern, machte man den italienischen Bevollmächtigten auf das Gemälde aufmerksam. Er aber meinte, es lohne sich nicht der Mühe, eine so altfränkische Schilderei („roba vecchia") zu reclamiren. Das Gemälde blieb darum dem Louvre, obgleich schon Vasari es voll Begeisterung gelobt hatte: „Sich selbst übertraf Fra Giovanni, am meisten Geschick und Kunstverständniss bewies er in einer Tafel der Kirche des hl. Dominicus zu Fiesole neben der Thüre zur linken Hand, wenn man eintritt. In ihr krönt Christus die Madonna inmitten eines Chores von Engeln. Unten findet man eine unendliche Menge von heiligen Männern und Frauen, so viele an Zahl und so gut ausgeführt und in so verschiedenartiger Stellung und mit so mannigfaltigem Ausdruck in den Köpfen, dass man beim Beschauen eine unglaubliche Annehmlichkeit und Freude verspürt. Ja es scheint, jene seligen Geister könnten im Himmel nicht anders sein, oder besser gesagt, wenn sie Körper hätten, könnten sie nicht schöner erscheinen. Denn alle jene heiligen Männer und Frauen, die dort gemalt sind, treten nicht nur voll Leben mit zartem und lieblichem Ausdruck hin, sondern auch die ganze Farbengebung des Werkes ist wie von der Hand eines der Heiligen oder eines der Engel, die dort geschildert werden. Darum wurde jener treffliche Ordensmann mit grossem Recht stets Frate Giovanni Angelico genannt. In der Predella sind Scenen aus dem Leben der Madonna und des hl. Dominicus in gewisser Art göttlich schön, und ich kann mit Wahrheit behaupten, nie könne ich dies Werk betrachten, ohne dass es mir neu erscheine, und ich sehe mich nie satt daran."

In der Mitte der Staffel sitzen Maria und Johannes vor dem Grabe, aus dem Christus in grösserer Gestalt hervorragt. Zu jeder Seite sind in je drei Bildchen Scenen aus der Legende

des hl. Dominicus gemalt, weil er ja nicht nur Stifter des Ordens war, dem das Kloster von Fiesole gehörte, sondern auch Patron der dortigen Kirche.

Oben in der Mitte der Tafel sitzt der Herr. Seine jungfräuliche Mutter kniet vor ihm, faltet die Hände über die Brust und neigt ihr Haupt, um die Krone zu empfangen, die Christus mit beiden Händen hält, sie ihr aufzusetzen. Hat sie dieselbe empfangen, dann wird sie aufstehen und neben ihrem Sohne den ihr bereiteten Platz einnehmen. Nichts geht, nach Schlegel, über die Zartheit und Anmuth dieser hingehauchten Gestalt, über die Klarheit des unschuldigen Hauptes. Ihr Schleier lässt die blonden Haarflechten und die Formen des Kopfes durchscheinen. Ein purpurner Mantel fällt von den Schultern bis über die Füsse herab. Ihr weites Oberkleid ist blau, mit kostbarem Pelzwerk gefüttert; an den Seiten bleibt es offen und bedeckt nicht die Arme, so dass dort der rothe Leibrock sichtbar wird. Die Tracht ist jedenfalls eine idealisirte Wiedergabe hochfeiner Florentiner Mode jener Zeit.

Christi Mantel ist blau, sein Kleid roth mit blauem Futter. Seinen Thron umgeben 24 Engel und 37 Heilige, die aber, wie Rio bemerkt, so geschickt angeordnet sind, dass man meint, es seien ihrer viel mehr. Die Engel blasen in Posaunen, trommeln, geigen und orgeln, wie Florentiner Musiker damals bei feierlichen Anlässen mit allen Instrumenten einzufallen pflegten. Nicht alle Heiligen schauen auf zur Krönung, einige theilen sich ihre Freude gegenseitig mit oder weisen ihre Nachbarn, und so auch mittelbar den Beschauer hin auf den Mittelpunkt des Bildes. Die grosse Einheit, wozu im Bilde der Uffizien die Lichtquell zwischen Christus und Maria das Ganze zusammenfasst, fehlt hier; auch hat der Maler hier keinen Reigentanz gegeben. Das für Fiesole gemalte Bild scheint darum früher, das für die Kartause bestimmte reifer und vollendeter.

Die Nimben sind immer kreisrund, folgen also nicht der Bewegung der Köpfe und sind nie schräg gestellt. Sie wurden mittels verschiedener, metallener, zirkelrunder Formen in den Goldgrund eingeprägt. Ihre Saphire, Rubine und andere Edelsteine sind so hergestellt, dass zuerst im Nimbus eine grössere Vertiefung gepresst und diese dann mit Farbe ausgefüllt wurde. Die Farben stehen rein nebeneinander, ohne durch gegenseitige Reflexion beeinflusst zu werden. Schatten sind nicht durch Beifügung von Schwarz oder Braun, sondern durch dickeres Auftragen desselben Pigmentes gebildet. Die Lichter sind vermittelst dünner Pinselstriche aufgetragen und wie mit weisser Farbe schraffirt.

Oben endet die Pariser Tafel in einem abgestumpften Dreieck. Die Schenkel dieses Dreiecks bestimmen die ganze Composition; denn wer eine Anzahl Parallelen zu ihnen durch das Gemälde legt, wird finden, dass die Gruppirung sich diesen Linien anschliesst. Innerhalb dieser Linien ist der Aufbau des Ganzen durch neun Stufen einer Treppe bestimmt, welche in der Mitte mit drei Seiten eines Sechsecks vorspringt. Oben ist auf diesem Vorsprung ein Thron errichtet, über dem ein sechsseitiger Baldachin sich wölbt. Nur Christus und Maria nahmen auf dem vortretenden Theil des Treppengerüstes Platz; alle Engel und Heiligen knien vor den Stufen oder stehen auf deren rechts und links verlaufenden Fortsetzung. Sieben heilige Männer und acht heilige Frauen, welche vorn kniend den Vordergrund füllen, sind grösser gestaltet. Nach oben hin werden je elf zur Rechten und zur Linken stehende Selige kleiner; noch viel zarter sind vierundzwanzig dicht um den Thron gestellte Engel gebildet. Dadurch erscheinen dann Christus und Maria viel grösser, als sie sind.

Die Heiligen auf den vier obersten Stufen tragen ihre Namen in den Nimben. Wir finden dort, von oben nach unten gehend, zur Rechten, also hinter der knienden Gottesmutter: Moses und Johannes den Täufer[1], Andreas mit Petrus, Bartholomäus, Jacobus den Jüngern und Johannes den Evangelisten als Greis, endlich den Apostel Simon; zur Linken: Matthias und David, Thaddäus und Paulus, Matthäus, Philippus und Jacobus den Aeltern, endlich Petrus Martyr. Letzterer leitet über zu den Heiligen, welche auf den beiden untern Stufen stehen. Ihre Namen sind nicht mehr in den Nimben eingeschrieben. Edelsteine und Perlen zieren die Ränder ihrer Heiligenscheine. Auf der linken Seite finden sich Laurentius, Georg und Stephanus, rechts ihnen gegenüber Marcus (?), Dominicus und ein Bischof mit einer Feder (Zenobius?). Zur Rechten knien vor dem Throne fünf Ordensmänner (angeblich Benedikt, Thomas von Aquin, Antonius, Franciscus von Assisi und Romuald), ein König (schwerlich Karl d. Gr.) und ein Bischof (Nikolaus?). Ihnen entsprechen auf der andern Seite Ursula (?), Agnes, Katharina, Clara, Magdalena, Dorothea (?) und zwei andere heilige Jungfrauen ohne Symbole. Meist sind je zwei dieser Heiligen zu einer kleinen Gruppe zusammengefasst, zuweilen drei oder vier; einer füllt oft mit seinem Haupte eine Lücke. Die Köpfe sind so geschickt zusammengestellt, dass trotz des Gedränges die schönste Ordnung herrscht. Die reichste Tracht hat der im Vordergrunde kniende Bischof. Seine Casel trägt in der Mitte des Rückens eine breite Borte mit sechs Scenen aus Christi Leiden, in

— — —

[1] Die Namen der in jeder Reihe an der Spitze stehenden Heiligen sind gesperrt.

seinem Bischofsstabe aber steht das Lamm Gottes mit der Siegesfahne. Der Stoff der Casel und der Albe sind mit Ornamenten gefüllt.

Oben führen die Engel ein Concert auf. Zuerst kommen neun mit nach allen Himmelsrichtungen, nach unten und oben gewendeten Posaunen. Der allgemeine Jubel soll sich in alle Fernen verbreiten. Weiterhin finden wir eine Handorgel, ein Tamburin, eine Handtrommel, zwei Zithern und zwei Geigen. Alle Engel, die musicirenden wie die anbetenden, sind „Knabengestalten voll lieblicher Unbefangenheit und seliger Unschuld. Sie rühren die Saiten mit einer anmuthigen Nachlässigkeit, als wäre Harmonie ihre eigene Natur. Der letzte, welcher eine Art von Geige spielt und etwas hineinwärts gewandt ist, scheint wie freudetrunken und verliebt in die Töne, welche er seinem Instrumente entlockt. Ihre ganz sichtbaren Gewänder sind von vorzüglich heitern Farben: hellblau und hellroth, zu jeder Seite des Thrones in umgekehrter Ordnung." [1]

„Wir müssen die Erfindsamkeit des Künstlers bewundern, der bei einem Gegenstande, wobei eigentlich keine Entgegensetzung der Charaktere stattfindet und ein verwandter Ausdruck der liebevollen Freude und stillen Seligkeit auf allen Gesichtern erfordert wird, eine so grosse Mannigfaltigkeit innerhalb der Grenzen des Würdigen und Schönen zu erschaffen wusste. Man wird nicht sagen können, dass irgend ein Kopf den andern wiederhole. Und diese Mannigfaltigkeit erstreckt sich nicht bloss auf die Züge und den seelenvollen Blick, sondern auch auf den Wuchs und die Anordnung der Haare und den Bartwurf, welcher meistens von ungemeiner Schönheit ist; endlich auf die Gebärden und Stellungen. Durch die Anordnung des Ganzen

hatte der Maler sich den Vortheil gesichert, Gestalten in allen Richtungen, ganz von vorn, seitwärts gewandt und vom Rücken her, zeichnen zu können, während sie doch alle auf die Haupthandlung im Mittelpunkte gewandt sind." [1]

Den Faltenwurf der Gewänder hat Fra Angelico hier wie auch sonst meisterlich behandelt. So leicht der durchsichtige Schleier das Haupt der Jungfrau umgibt, so wuchtig fällt die schwere gestickte Casel über den Rücken des im Vordergrunde knienden Bischofs. In die vornehmsten Seidenstoffe sind neben letzterem ein König, ihm gegenüber Katharina gehüllt. Die feinen Kleider der Engel sind gegürtet, aber der obere Theil ihrer Tunica fällt über den Gürtel und verbirgt ihn. Dadurch werden die Falten reicher, die Kleider wallen aber noch so tief herab, dass die Füsse der Engel unsichtbar bleiben. Ja auf dem ganzen Bilde ist kein Fuss zu sehen; vielleicht wollte der Maler daran erinnern, dass alle diese Personen nicht mehr auf unserer Erde wandeln, sondern frei von irdischer Schwere oben in den himmlischen Regionen schweben. Die Augen sind beseelt, voll Licht und Glanz. Ihre Pupille bleibt selbst dann gross, wo die Gesichter im Profil erscheinen. Mit Recht bemerkt aber Schlegel, dass wir dies Abweichen von der Naturwahrheit um so weniger als Fehler tadeln dürfen, weil auch vortreffliche geschnittene Steine aus der Zeit der ersten römischen Kaiser das gleiche thun.

Die beschädigte und stark aufgemalte Krönung der Akademie zu Florenz enthält in einem kreisrunden Rahmen nur zwei auf Wolken nebeneinander sitzende Figuren (Bild 33). Christus erhebt mit beiden Händen die Krone, um dieselbe Maria aufs Haupt zu setzen; sie neigt sich

[1] *Schlegel* a. a. O. S. 20.

[1] *Schlegel* a. a. O. S. 16.

demüthig mit über der Brust gefalteten Händen, um sie zu empfangen.

Die reichere, oben S. 14 erwähnte Krönung auf einem der drei Reliquiare von S. Maria Novella enthält die wesentlichen Theile des Pariser Bildes. Auf einer Estrade, zu der man auf zehn Stufen hinansteigt, kniet Maria vor ihrem Sohne, welcher ihr eine Krone aufsetzt. Zur Rechten und Linken stehen je sechs Engel; je zwei schwenken Rauchfässer, blasen in Trompeten oder spielen auf Saiteninstrumenten. Die übrigen sehen zu oder beten. Unten knien vor der letzten Stufe in drei Reihen 19 (7, 6, 6) Heilige. Von einigen sieht man nur den Hinterkopf und den Rücken, andere sind im Profil dargestellt, zwei wenden sich um zum Zuschauer.

Bild 33. Die Krönung Mariae.
In der Galleria Antica e Moderna zu Florenz.

In einfacher, aber ergreifender Grossartigkeit hat Fra Angelico in einer der Zellen von S. Marco im obern Theile eines Wandbildes wiederum nur zwei in helles Weiss gekleidete Personen gemalt. Beide sitzen auf lichten Wolken. Christus hält mit beiden Händen eine Krone hin. Maria faltet die Hände auch hier in Demuth über die Brust und neigt sich voll Liebe und Dankbarkeit zu ihm hin, damit er sie ihr aufs Haupt setze [1]. Unten knien sechs Heilige in einer Reihe: zur Rechten Dominicus,

---

[1] Die Hauptgruppe gleicht der 1445 von Sano di Pietro im Palazzo pubblico zu Siena gemalten Krönung. Der Kopf des Heilandes ist bei dem grossen Meister von Siena weicher, die Madonna dagegen strenger, die Kleidung prächtiger. Wie sehr Fra Angelico in seinen Bildern der Krönung im Fluss der Tradition stand, zeigt auch das schöne, 1420 datirte Bild der Krönung (Nr. 7)

Romuald und Thomas, zur Linken Franciscus, Petrus und Marcus. Alle schauen nach oben und erheben voll Staunen beide Hände flach empor. Dieser sechsmal durch zwölf Hände, mit geringer Abwechslung, wiederholte Gestus bringt nicht nur grosse Einheit in das Ganze, sondern sichert auch einen nachhaltigen Eindruck. Kein Engel, kein blendender Lichtglanz, kein Hofstaat umgibt den König und die Königin, denn die sechs Heiligen sind hier betrachtend dargestellt, wie Dominicus in andern Bildern erscheint. Alles ist einfach auf einen Grundton hin gestimmt. Fiesole wollte eben für die stille Wohnung eines armen Mönchs ein Andachtsbild schaffen. Die grossen Tafelgemälde in den Uffizien und im Louvre erinnern an das Echo eines „Te Deum", beim feierlichen Gottesdienst gesungen von der im reichsten Schmuck um den kostbar gezierten Altar versammelten Geistlichkeit. Jene Krönung der armen kleinen Zelle aber stimmt zum inbrünstigen Gebet eines frommen Bruders, der nach den Satzungen seines Ordens Maria treu ergeben ist und fern vom Pomp irdischer Feste in der stillen Einsamkeit bleibt.

Der Typus Christi wechselt bei Fiesole. „Der Heilandstypus [1], welcher uns in den frühchristlichen Zeiten zu Ravenna entgegentritt, verräth in seinen hoheitsvollen Formen zwar noch die Abhängigkeit von heidnischen Vorbildern, aber er kommt doch der christlichen Empfindungs-

---

in der Florentiner Akademie. Der Herr setzt auch dort voll Würde und Freundlichkeit der Mutter die Krone auf. Sie schaut ihn an voll Innigkeit, lieblich und fromm. Die Engel ringsumher sind so reizend und unschuldig, die kleinen Figürchen der Predella so schön, dass man das Werk eines Lehrers des Fra Angelico zu sehen glaubt, und an das Wort Lenormants erinnert wird: „On art ne s'improvise pas."

[1] *Crowe* und *Cavalcaselle*, Geschichte der italienischen Malerei II, 158.

weise näher als die Producte der nächstfolgenden Jahrhunderte. Seine antike Einfachheit nahm Giotto wieder auf, indem er sie erneuernd umgestaltete; Angelico vollendete sie durch Ueberleitung in die Gestalt seines Erlösers, der in erhabener pathetischer Weise die Vorstellung des Opfers versinnlicht. In diesem Pathos weit mehr als in einer Vervollkommnung des Formalen liegt das Eigenthümliche seiner Leistung, und die Darstellung Christi in der Krönung Marias [in der Zelle zu S. Marco] bezeichnet die letzte Phase der Beziehung zwischen dem ravennatischen und giottesken Typus. . . . Im Christustypus [des eben besprochenen Zellenbildes] hat Angelico in Darstellung einer göttlichen Persönlichkeit wohl sein Höchstes geleistet; er ist einfacher gezeichnet und von milderem religiösen Ausdruck als die Heilandsgestalten Giottos, aber regelmässig, und die harmonische Einheit drückt sich nicht bloss im Körperbau, sondern ebenso in der Haltung und im Fluss des Gewandes aus."

In diesen Worten liegt viel Wahres; man muss aber doch zur Correctur hinzunehmen, was Phillimore [1] sagt: „Angelicos Typen unseres Erlösers zeigen eine bemerkenswerthe Verschiedenheit. Sein Herz scheint niemals befriedigt gewesen zu sein in eifrigem Bestreben, die Vollkommenheit des Antlitzes und der Gestalt des ‚Schönsten unter den Menschenkindern' darzustellen. Zuweilen benutzt er den Typus Giottos und gibt unserem Heilande die Kraft und Stärke voller Mannhaftigkeit; andere Male ist sein Typus dagegen sehr jung und entspricht dem zarten Lamme, welches die Welt erlöste."

Der Maler hat sich bald an den bärtigen bald an den bartlosen Typus der altchristlichen

---

[1] Fra Angelico p. 40.

Kunst angeschlossen. Beide Formen des Antlitzes Christi erscheinen schon im 4. Jahrhundert zu Rom, blieben in Ravenna, werden im ganzen Mittelalter wiederholt. Obgleich also Angelico seine Typen nicht leicht änderte, wahrte er sich doch die Freiheit. Bei Darstellung der Heiligen seines Ordens war er durch echte oder conventionell angenommene Porträts mehr gebunden. Für die Heiligen Dominicus, Thomas, Petrus Martyr hält er sich im ganzen stets an dieselbe Form. Bei Darstellung Christi richtet er sich nach den Anforderungen des Bildes und wählt diesem entsprechend aus dem Schatz der Ikonographie das Zutreffendste.

Bild 34. **Vermählung Mariens.**
In der Galerie der Uffizien zu Florenz.

Bild 35. Rom vom Monte Pincio gesehen.

Siebentes Kapitel.

Arbeiten in Rom und Orvieto (1445—1455).

IM Jahre 1434 musste Eugen IV. aus Rom fliehen. Er wandte sich nach Florenz und nahm im Dominikanerkloster Maria Novella Wohnung. Obwohl dies Haus der strengern Richtung Dominicis fernstand, waren doch seine Mönche, wie schon die von Fra Angelico für sie ausgeführten Arbeiten beweisen, mit ihren Ordensgenossen zu Fiesole und S. Marco befreundet. So traten der hl. Antonin als Prior von S. Marco und Fra Angelicos Bruder Benedetto als Subprior zum Papste in Beziehungen. Nach Vollendung ihrer Kirche (1442) baten sie ihn, dieselbe persönlich weihen und zwei Tage bei ihnen als Gast weilen zu wollen. Er willfahrte ihrer Bitte und wohnte in den beiden für Cosimo eingerichteten und ausgemalten Zellen [1].

[1] In der 38. Zelle liest man die Inschrift: Eugenius IV P(ontifex) m(aximus) dedicato d(ivi) Marci templo a(nno) D(omini) MCCCCXLII una nocte moratus est hic, ubi in

Eugen IV. gewann grosses Gefallen an den Arbeiten der Florentiner Künstler. Von Ghiberti liess er sich 1439 eine prachtvolle Tiara anfertigen, deren Edelsteine und Perlen auf 38 000 Goldducaten geschätzt wurden. Er bediente sich derselben während des Concils von Florenz bei der feierlichen Wiedervereinigung der Griechen mit der lateinischen Kirche. Im Frühjahr 1442 wurde die Kirchenversammlung nach Rom verlegt und am 28. September zog der Papst nach fast zehnjähriger Abwesenheit wiederum in seine Stadt ein. Bereits 1439 hatte er den Flo-

cellulis a se extructis magnif(icus) Cos(mas) Med(ici) saepe habitavit, ut d(ivi) Antonini colloquiis frueretur. Ueber der Thüre zu Nr. 39 steht: Cosm(as) Med(ici) huius coenobii erector, ut Deo quandoq(ue) liberius vacaret, has sibi cellulas extruxit, in quibus Eugenius IV. Pont(ifex) max(imus) nocte huius basilicae dedicationi sequente, quae fuit VII [a] Ian(uarii) MCCCCXLII q(ui)evit.

rentiner Baumeister und Bildhauer A. Filarete beauftragt, die Bronzethüre anzufertigen, welche noch heute den Eingang zur Peterskirche schliesst. Im Jahre 1445 ward sie am alten Petersdom aufgehängt. Die Nebenthüren liess er durch den Dominikaner Fra Antonio von Viterbo aus Holz schnitzen. Der Dominikaner Fra Giovanni von Neapel stickte ihm eine Mitra und andere kostbare Gegenstände; Fra Giovanni von Rom aus demselben Orden lieferte ihm Glasgemälde[1]. Bei der ausgesprochenen Bevorzugung der Dominikanerkünstler kann es nicht auffallen, dass Eugen auch den Fra Angelico bestimmte, Florenz zu verlassen, nach Rom überzusiedeln und in seine Dienste zu treten[2]. Wann dies geschah, ist unbekannt, doch war der Künstler beim Tode des Papstes (23. Februar 1447) schon an der Arbeit, da die Rechnungen am 13. März 1447 von seiner Besoldung reden. Der am 6. März dieses Jahres erwählte Nikolaus V. war ihm noch mehr gewogen. Die Nachricht, Nikolaus habe nach dem Tode des Erzbischofs Bartolomeo Zabarella († 21. December 1445) den Maler sogar zu dessen Nachfolger ernennen wollen, dann aber auf seine Bitten hin dem am 10. Januar 1448 erwählten hl. Antonin diese Würde zugewandt, ist wohl nur hinsichtlich des letzten Theiles richtig. Die erste römische Arbeit des Fra war die Vollendung der bereits unter Eugen IV. begonnenen Sacramentskapelle. Vasari berichtet darüber: „Für denselben Papst [Nikolaus] verzierte er im Palaste die Kapelle des Sacra-

ments, welche Paul III. (Alexander Farnese, † 1534) zerstörte, um die Treppe nach jener Seite zu führen. Er hatte bei diesem, in seiner Art herrlichen Werk in Fresco einige Begebenheiten aus dem Leben Jesu gemalt und viele merkwürdige Personen jener Zeit nach der Natur dargestellt. Diese Bildnisse würden heutigen Tages verloren sein, wenn nicht [Paul] Jovius die folgenden für sein Museum hätte abzeichnen lassen: Papst Nikolaus V., Kaiser Friedrich, der zu jener Zeit nach Italien kam, den Mönch Antonin, der nachmals Bischof von Florenz wurde, den Biondo aus Forli und Ferrante von Aragonien.“[1]

Man hat bis dahin diese Nachricht unbeanstandet hingenommen. Da aber Vasari in so vielen Dingen ungenau ist und es zum Charakter unseres mystischen Künstlers wenig passt, in der Schilderung des Lebens Jesu Porträts der Zeitgenossen anzubringen, darf man die Richtigkeit jener Angaben bezweifeln. Haben nicht der Schreiber und Jovius vorausgesetzt, eine zu ihrer Zeit allgemein verbreitete Sitte sei auch von Fra Giovanni befolgt worden, und haben sie nicht, von dieser Voraussetzung ausgehend, einige charakteristische Köpfe als Porträts angesehen? Für einen solchen Irrthum sprechen die Namen der angeführten Personen: Friedrich III. wurde erst am 19. März 1452 in Rom zum Kaiser gekrönt; erst dann wird der Maler ihn gesehen haben. Der hl. Antonin war damals bereits über vier Jahre Erzbischof, wäre also von seinem ehemaligen Untergebenen nicht mehr als „Mönch“ dargestellt worden. Ferrante war natürlicher Sohn des Königs Alfons von Neapel, folgte ihm 1458 auf den Thron und starb 1494, 70 Jahre alt. Biondo war mit

---

[1] *Vasari* II (ed. Milanesi), 454. *Marchese*, Memorie 2ª ed. I, 287; 3ª ed. I, 409 sg. *Müntz* I. 34. 39 s. 41 s. 64. 128.

[2] Vasari irrt, wenn er die Berufung nach Rom und das Anerbieten der erzbischöflichen Würde Nikolaus V. zuschreibt (ed. Milanesi II, 516 sg. und 529 sg.). *Marchese* I, 320 sg.; 3ª ed. I, 414. *Müntz* I, 91. *Delaborde*, Études sur les beaux-arts en France et en Italie I, 120.

[1] *Vasari*, Uebersetzung von *Schorn* II, 1, S. 323 f. (mit Verbesserungen).

Eugen IV. in Florenz gewesen, 1434 zu dessen Secretär ernannt worden und starb 1463 im Alter von 75 Jahren. Auch jene Copien, von denen Vasari redet, sind verloren. Erhalten sind von der Sacramentskapelle nur einige Posten der päpstlichen Rechnungen. Sie wird in ihnen 1447—1449 als „Chapella di santo Pietro" (Kapelle der Peterskirche) bezeichnet und muss zwischen der Kirche und dem Palaste so gelegen haben, dass sie von beiden aus zugänglich war. Nach Ausweis jener Rechnungen dienten im Jahre 1447 dem Maler[1] als Gehilfen

Bild 36. Chor der Propheten.
Im Dom zu Orvieto.

Peter Jakob von Forli, Benozzo Gozzoli, der Florentiner Johann, Sohn des Antonio (wohl identisch mit Johann d'Antonio de la Checha), Karl, Sohn des Herrn Lazarus von Narni, und Jakob, Sohn des Anton von Poli. Die ihnen im Jahre 1449 gelieferten 4 Pfund Azur-Ultramarin aus Venedig haben sie wohl zur Vollendung der Gewölbe verwandt.

[1] Er wird genannt Fra Giovanni da Firenze oder Frate Giovanni di Pietro, dipintore, und Frate Giovanni da Firenze dell' ordine di san Domenicho. Seine Genossen (gharzoni) heissen: Pietro Jachomo da Furli, dipintore,

Bereits im Jahre 1448 war Fra Giovanni mit seinen Gefährten beschäftigt, die bis heute gut erhaltene Kapelle der hll. Stephanus und Laurentius im Vatican[1] auszumalen. Dabei half ihm aber auch 1450 Karl di Ser Lazaro. Am 15. Februar 1448 übergab man ihm 2 Pfund Ultramarin, die 55 Florin 10 Solidi römischer Währung kosteten[2]; am 28. Januar 1150 geschlagenes Gold aus Siena für die Gesimse (chornici); am 19. März Gold für die Kapitäle; am 30. März Firniss. Ende März müssen die Malereien vollendet worden sein, denn der Dominikaner Fra Giovanni von Rom erhielt am 16. März 10 Ducaten für die beiden Fenster der damals „Studio" genannten Kapelle. In dem ersten hatte er auf weissem Glase die hll. Laurentius und Stephanus, im andern die Gottesmutter gemalt. Erst 1454 wurden die von Meister Nikolaus von Florenz gefertigten Wandbekleidungen aus eingelegtem Holze (di tarsio) bezahlt.

Fra Angelico erhielt im Jahre 1447 als Gehalt 200 Florin[3], also 16²/₃ für jeden Monat, Benozzo Gozzoli jeden Monat 7, Johann d'Antonio de la Checha, Karl di Ser Lazaro da Narni und Jakob da Poli je 1 Florin. Andere Arbeiter verdienten 7—8 Florin im Monat, einige 4 als Lohn und 3 für die Kost. Bei einem

---

Benozo da Leso, dipintore da Firenze, Giovanni d'Antonio de la Checha, dipintore, Charle di ser Lazaro da Narni, dipintore, Jachomo d'Antonio da Poli, dipintore.

[1] Sie wird in den Rechnungen genannt „Studio di N. S." oder „Chapella secreta D. N. Papae."

[2] Die oben genannten 4 Pfund waren mit 98 Florin 27 Bolendini und 6 Denar bezahlt worden.

[3] *Müntz* p. 101; vgl. p. 126 sg. Gentile da Fabriano hatte unter Martin V. im Jahre 1427 300 Goldflorin im Jahre empfangen, „25 flor. aur. de camera" jeden Monat (l. c. p. 15 sg.). Es ist wohl ein Versehen, wenn Müntz (p. 101) für Johann von Florenz 2 Ducaten den Monat ansetzt (vgl. p. 127).

Lohn von 7—8 Florin kamen auf den Tag etwa 20 Bolendini. Gewöhnliche Handwerker waren mit 14—17 Bolendini den Tag, Handlanger mit 14—15 zufrieden. Die Zahlungen an Johann von Florenz, Karl da Narni und Jakob da Poli sind also nur als Trinkgelder anzusehen. Wahrscheinlich musste der Maler den eigentlichen Lohn von seinem Gehalt geben.

Im Frühjahr 1447, ungefähr zur Zeit, als Nikolaus V. gewählt wurde (6. März), veranlasste der Benediktiner Dom Francesco di Barone, ein geschickter Glasmaler, den Fabrikmeister des Domes von Orvieto, Fra Angelico einzuladen, während der heissen Jahreszeit, wann der Aufenthalt in Rom ungesund ist, nach Orvieto zu kommen, um dort die Cappella Nuova, worin das berühmte Gnadenbild der Madonna di S. Brizio verehrt wird, auszumalen. Am 14. Juli unterzeichnete der Fra den Contract. Bereits am folgenden Tage begann er seine Arbeit. Als Lohn gab man ihm soviel, als er in Rom erhielt: 200 Ducaten oder Florin für ein Jahr, also für die vier Monate, während deren er in Orvieto arbeiten sollte, Juni bis September, ein Drittel der Summe. Benozzo erhielt monatlich 7, Johann 2, Jakob 1 Ducaten. Ueberdies lieferte der Fabrikmeister alle Farben, Brod und Wein aber, soviel die Maler bedurften.

Gemalt hat Fra Angelico in Orvieto nur in einem Jahre. Warum er nicht zurückkehrte, die angefangene Composition fortzusetzen, ist unbekannt. Vielleicht fühlte er die Beschwerden des Alters, zählte er doch schon 60 Jahre. Benozzo kam am 3. Juli 1449 nach Orvieto, scheint aber nicht genügt zu haben. Erst 1499 nahm Lucas Signorelli die Arbeit wieder auf und vollendete sie. Von Fra Angelico stammen nur die vier Kappen des Kreuzgewölbes. In sie stellte er: 1. den von 19 und 16 Engeln umgebenen Weltrichter; 2. die Gottesmutter mit den

Aposteln, den vier Kirchenlehrern und den vier Stiftern der Bettelorden; 3. „den lobreichen Chor der Propheten", d. h. der Gerechten des Alten Bundes (Bild 36); 4. dem Richter gegenüber eine Schar Engel, welche das Kreuz und die Leidenswerkzeuge tragen. Der Heiland hat das Kleid auf der Brust etwas geöffnet, so dass die Seitenwunde sichtbar wird. Die verwundete Rechte erhebt er zum majestätischen Gestus der Verwerfung; mit der Linken hält er eine grosse, auf seinem Knie ruhende Weltkugel. Die Figur, eine Weiterentwicklung der auf der Tafel der Annunziata im Gericht gegebenen, soll von Michelangelo für sein berühmtes Bild der Sixtina benutzt worden sein. Auch die Gestalten der Heiligen, in denen mehr als in den übrigen Gerichtsbildern Fiesoles Schrecken und Furcht ausgedrückt ist, hat er verwerthet.

Die Decke wurde bald nach Vollendung der Fresken durch Feuchtigkeit beschädigt. Jetzt sind die meisten Engel neu gemalt, die Heiligen stark überarbeitet.

Weit wichtiger sind die Malereien, an denen Fra Giovanni während des Winters und im Frühling zu Rom arbeitete. Die Kapelle des Vatican, worin sie sich finden, ist im Grundriss viereckig, nur 6,50 *m* lang und 4 *m* breit. Drei ihrer unter dem Kreuzgewölbe im Rundbogen endenden Wände sind durch ein breites Gesimse in eine untere viereckige und eine obere halbkreisförmige Fläche getheilt. Da die erste Wand in der untern viereckigen Fläche rechts und links

Bild 37. St. Bonaventura.
In der Kapelle Nikolaus' V. in Rom.

ein Fenster hat, blieb in ihr nur für ein Bild Platz, alle andern Flächen haben je zwei Bilder. So finden sich in den drei obern Abtheilungen sechs Scenen aus dem Leben des hl. Stephanus, in den untern fünf aus der Legende des hl. Laurentius. Zwei Wandflächen sind von grossen Bogen eingefasst, worin auf jeder Seite je zwei heilige Kirchenlehrer unter gotischen Baldachinen stehen: unten Bonaventura (Bild 37) und Thomas von Aquin, Athanasius und Chrysostomus; oben Augustin und Ambrosius, Leo und Gregor. In jedem der vier Felder des Gewölbes sitzt ein Evangelist mit seinem Symbol (Bild 38). Die Figuren der Kirchenlehrer[1] werden übertroffen durch die tiefsinnige Schilderung der Geschichte der beiden grossen Diakonen. Die Anordnung der Scenen ist symmetrisch. Bezeichnet man die auf den hl. Stephanus bezüglichen Scenen mit I—VI, die den hl. Laurentius betreffenden mit 1—5, die Weihe dieser Heiligen mit a, deren Almosenvertheilung mit b, ihr Verhör vor dem Richter mit c, ihr Martyrium mit d, so ist die Anordnung diese:

I a   II b   III   IV c ´ V   VI d
1 a   2   3 b   4 c   5 d.

Die gleichartigen Vorgänge wurden, so viel als möglich war, voneinander entfernt, um sich nicht zu stören, überdies auch verschiedenartig behandelt. Die

[1] Athanasius, Chrysostomus und Leo sind ganz erneut, die Evangelisten Johannes und Marcus haben gelitten. Auch die grossen Bilder sind hie und da verletzt. Vgl. *Crowe* II, 168 f., Anm. 90—96. Diese Uebermalung ist übrigens durch eine unter dem Bilde II b angebrachte

Gewänder sind in der Geschichte des hl. Stephanus alterthümlicher; er trägt meistens einen Mantel und eine Tunica. Dieselbe Tracht hat der ihn weihende hl. Petrus. Dagegen trägt der hl. Laurentius die Dalmatica der Diakonen des 15. Jahrhunderts, der ihn weihende Sixtus die päpstliche Kleidung derselben Zeit. Auch die Nebenpersonen folgen hier unten mehr der Mode des 15. Jahrhunderts als oben; ebenso sind die architektonischen Hintergründe geschlossener, sie bilden einen Unterbau für die obern Scenen, in denen weitere Aussichten, sogar Landschaften erscheinen. Allgemein wird lobend hervorgehoben, dass das Verhältniss der Gebäude und Landschaften zu den Personen und die Perspective viel richtiger wiedergegeben sind als in frühern Bildern des Meisters. Fehler sind freilich auch hier nicht selten. Der Baldachin des Altares, vor dem Petrus den hl. Stephanus weiht, ist beispielsweise so niedrig, dass er dem Apostel nur bis zur Schulter reicht. Die Formen der Architektur haben, mit Ausnahme der Baldachine der acht Heiligen zur Seite, durchgängig den Stil der edelsten Frührenaissance und ahmen alte Denkmäler nach. So haben im Bilde V, worin Stephanus aus Jerusalem weggeführt wird, die Stadtmauern Roms als Vorbild gedient. Die Mittelschiffe der in I a, 1 a und 3 b dargestellten Kirchen haben Säulen, die einen Architrav tragen. So zeigen diese Schöpfungen, wie Angelico sich vervollkommnete, wie er, mitten hineingestellt in die realistische Strömung, welche die Florentiner Künstlerschaft immer weiter trieb und zur hohen Ausbildung technischen Könnens führte, nach

Inschrift beurkundet: „Greg(orius). XIII. pont. max. egregiam. hanc. picturam. a. F. Ioanne. Angelico. Fesulano. ord. Praed. Nicolai. papae. V. iussu. elaboratam. ac. vetustate. paene. consumptam. instaurari. mandavit.“

bestem Vermögen nahm, lernte und verwerthete, was seinem auf idealere Zwecke gerichteten Sinn entsprach, ohne die geistige Auffassung der Personen und Scenen zu schädigen.

In I a hat der Apostelfürst sich am Altar umgewendet. Voll herablassender Güte neigt er sich zu dem vor der Stufe knienden hl. Stephanus und reicht ihm Kelch und Patene. Sechs in zwei Reihen (3 und 3) nebeneinander stehende Apostel schauen voll Theilnahme herab auf den zu Weihenden. Petrus trägt einen kurzen, abgerundeten Bart; neben ihm steht Johannes mit jugendlichem Angesicht. Der folgende Apostel hat einen langen, zweitheiligen Bart; der letzte der vordern Reihe ist wiederum unbärtig und wendet sich zum letzten der zweiten Reihe, dessen langer Vollbart prachtvoll herabwallt. Vor diesen fünf würdigen apostolischen Figuren kniet der mit einer Dalmatica bekleidete Stephanus in jugendlicher Gestalt. Die Architektur der Kirche, worin sich die Handlung vollzieht, fasst jene sechs assistirenden Apostel zu einer Einheit zusammen, weil der reich verzierte Architrav über sie her geht. Das im rechten Winkel einschneidende, zum Altar geöffnete Querschiff isolirt die Figur des Petrus, die durch ihre Handlung wiederum zu Stephanus, dem Centrum des Ganzen, in enge Beziehung gesetzt wird.

In I a sitzt dagegen Papst Sixtus im Pontificalanzug vor dem Altar. Laurentius erhebt in lebhafter Bewegung beide Hände, um den dargereichten Kelch, das Symbol der Diakonatsweihe, in Empfang zu nehmen. Hier ist nicht der Diakon allein Mittelpunkt, sondern die aus dem Papste und dem Diakon gebildete Gruppe. Hinter dem Papst stehen drei Priester in Chorcappen, um Laurentius ein Diakon, ein Subdiakon und drei erwachsene Ministranten. Alle zehn Personen sind hier bartlos und charaktervolle Typen der römischen Clerisei des 15. Jahrhunderts. Die Architektur umsäumt die Gruppirung der Personen; denn hinter ihnen endet die Kirche in einer Apsis, zur Rechten und Linken aber verjüngt sich eine Säulenreihe perspectivisch nach jener Apsis hin.

Das Bild 2 ist zweitheilig. Zur Linken sieht der Beschauer eine Strasse und wie in ihr zwei Häscher an einer Thüre anklopfen; zur Rechten das Innere eines Klosterhofes mit Säulengängen, worin Sixtus, mit Tiara und Chorcappa bekleidet, dem in einer reich verzierten Albe vor ihm kuienden hl. Laurentius einen gefüllten Beutel überreicht. Ein Diener

hat eben die silbernen und goldenen Gefässe und andere Schätze der Kirche herbeigebracht. Hinter dem Papste wendet ein Priester sich mit erschreckter Miene um und schaut hin, ob jene Häscher nicht die Thüre erbrechen und zu früh eindringen. Ein zweiter, im Hintergrund stehender Begleiter sieht dem Zuschauer ins Gesicht und setzt ihn in enge Verbindung mit dem Vorgange.

Reiche Erfindungsgabe bezeugen die beiden Scenen der Almosenvertheilung. In 3 b ist Laurentius durch seine sorgsam behandelte Diakonentracht hervorgehoben (Bild 39). Wie

Bild 38. Der Evangelist Johannes.
In der Kapelle Nikolaus' V. in Rom.

bei der Weihe (in 1) wird auch hier seine Figur betont durch eine hinter ihr, in der Mitte des Grundes gewölbte Apsis. Zwei lange, zur Apsis hingehende Säulenreihen steigern die Wirkung der in der Mitte des Vordergrundes vor der geöffneten Kirchenthüre stehenden Gestalt des Leviten. In der Linken hält er jenen Beutel, den er von Sixtus empfing. Die Armen sind um ihn in der Vorhalle versammelt. Einem auf der Erde sitzenden Krüppel reicht er ein Geldstück. Ein Lahmer hat sich mittels seiner Krücke genaht und streckt bettelnd die geöffnete Hand aus. Neben ihm stehen zwei arme Frauen. Die

ältere führt ihr Kind an der Hand, die jüngere trägt voll sorgsamer Liebe ihren Sprössling an der Brust. Auf der andern Seite gehen zwei arme Kinder weg. Das Schwesterchen wünscht zu sehen, was ihr Brüderchen erhalten hat. Ein tief gebeugter Greis mit schönem langen Barte hält die offene Hand hin. Er ist gewöhnt, das zu thun; aber neben ihm macht ein krank aussehender jüngerer Mann nur mit verschämtem Zögern dieselbe Bewegung. Ein durch sein Benehmen vortrefflich charakterisirter Blinder sucht, mit einem langen Stabe tastend, den Weg zum Almosenvertheiler. Eine zwischen den zuletzt Genannten im Hintergrunde stehende bejahrte Frau faltet die Hände zum Gebet und blickt voll ehrfurchtsvoller Bewunderung auf den freigebigen Heiligen, der in liebevoller Würde sein Amt versieht.

Moderne fragen, ob dieser mönchische Maler denn wirklich zu zeichnen verstand. Helbig beantwortet auch diese Frage [1]: „Ich wage es nicht zu bejahen; ich versichere Sie, er hat keine Anatomie studirt. Betrachten Sie die Hände seiner Figuren, seiner heiligen Männer und Frauen, seiner Engel und auch der von ihm dargestellten Schergen. Alle sind sich gleich, sind ohne Alter, ohne Geschlecht, ohne eigenthümlichen Charakter. Ich sehe darin nichts von den Muskeln, die zusammenziehen oder ausstrecken. Sie sind immer lang, schmächtig und keusch. Aber diese Hände falten sich so gut zum Gebete, sind so voll Salbung beim Almosengeben und Beten, dass ich nicht mehr an die Anatomie denke, nicht mehr an das Hervortreten der Sehnen, an die Aufgabe der Wurzel oder der Mitte der Hand. Wem wird es in den Sinn kommen, von den Figuren dieses ‚Seligen‘ zu verlangen, dass die Form der Glieder sich noch geltend mache unter den wallenden Gewändern, die sie umhüllen gleich einer zum Himmel aufsteigenden Flamme?" [2]

In II b gewinnt die Almosenvertheilung dadurch eine andere Gestalt, dass Stephanus vor

[1] Revue de l'art chrétien XXXVII (1894), p. 375.

[2] Dagegen urtheilt Mantz (Les chefs-d'œuvre de la peinture italienne p. 78) über die Zeichnung Fra Angelicos: „Les gaucheries abondent, l'inexpérience s'accentue, et certains détails — les mains et les pieds par exemple — accusent un pinceau presque barbare. Dans le tableau du *Massacre des innocents* les enfants égorgés par les soldats d'Hérode ressemblent à des figurines grossièrement taillées dans le bois par le couteau naïf d'un ignorant. D'autres compositions présentent des fautes également *impardonnables*."

der Hausthüre steht, die Scene also in eine Strasse verlegt ist. Zwei Frauen und ein Mann gehen schon weg. Ein vom Lande gekommener Mann beeilt sich, die günstige Gelegenheit zu benutzen. Eine Frau und ein Kind stehen vor Stephanus und halten die offene Hand hin. Auch hier steht eine Person mit gefalteten Händen im Hintergrunde: wie es scheint, ein verarmter Edelmann oder Gelehrter, also auch eine für das 15. Jahrhundert charakteristische Gestalt. Die Figuren sind wegen des geringern Raumes mehr zusammengedrängt, erscheinen wegen der Höhe, in der das Fresco steht, kleiner, sind wegen der Zeit der Handlung alterthümlicher und einfacher kostümirt.

Ein idyllisches Bild ist das Gemälde III (Bild 40). Stephanus steht in einer Strasse auf einer Stufe und erklärt das Evangelium, indem er mit der Rechten zeigt und den Daumen der Linken erhebt. Vor ihm sitzen auf der Erde vierzehn Frauen und ein Kind, hinter ihnen stehen sechs Männer. Die gespannte Aufmerksamkeit der Zuhörenden, die gefühlvolle Andacht und Bewunderung der Frauen, die Zustimmung der Männer sind in den Mienen und besonders durch die Handbewegungen trefflich angedeutet. Gelungen ist besonders eine Mutter, die eifrig zuhört. Sie hält ihren vor sich sitzenden Knaben eben noch mit der Rechten fest, um ihn ruhig zu halten. Ein Jüngling lehnt sich an die Ecke der Strasse, um halbverstohlen zu vernehmen, was da gesagt werde, wird aber durch den Vortrag des Redners gefesselt.

Parallelscenen sind wiederum IV und 4: Stephanus vor dem Hohen Rath und Laurentius vor dem römischen Präfecten. Die erstere ist in ein enges Gemach verlegt. Der Vorsitzende, ein kräftiger Mann, legte seinen Mantel wie eine Kapuze um den Kopf, so dass sie sein bärtiges Gesicht einfasst, und disputirt nun mit dem jugendlichen, bartlosen Heiligen, gegen den zwei falsche Zeugen reden und hinter dem sechs von Hass erfüllte Pharisäer stehen. Der Gegensatz zwischen dem begeisterten Glaubenszeugen und den kritisirenden Juden ist scharf hervorgehoben. Dagegen steht in 4 der hl. Laurentius in einem von vornehmen Architekturformen abgeschlossenen Hofraume vor dem Stadtpräfecten. Der Richter sitzt in einer Nische; seine Figur erinnert unwillkürlich an ein antikes Kaiserbild. Drohend weist er auf die vor ihm liegenden Martyrerwerkzeuge hin. Vornehme Männer,

Bild 39. Laurentius vertheilt Almosen an die Armen.
In der Kapelle Nikolaus' V. zu Rom.

Soldaten und Zuschauer erwarten die Antwort des standhaften Diakons. Aber alle nehmen Partei für den Vorsitzenden, mit Ausnahme eines jungen Mannes, der tief betrübt sein Antlitz abwendet. Es ist der hl. Romanus, den Laurentius in einer Nebenscene des Bildes im Kerker tauft. Die Scene des Martyriums des hl. Laurentius (5) ist leider verdorben. Das Leiden des hl. Stephanus wird in zwei Scenen geschildert: in V stossen die von Hass erfüllten Juden ihn aus der Stadt; in VI steinigen sie ihn. Die blinde Wuth der Juden, welche den Heiligen vorantreiben und reissen, die Kraftanstrengung, womit sie ihre Steine schleudern, die kaltblütige Ruhe, womit Saulus die Kleider bewahrt, und die Geduld des leidenden Heiligen sind in packenden Gegensatz gebracht. Sehen wir ab von unglücklichen Restaurationen dieser beiden letzten Bilder. Ihre Grundidee und die ihnen entsprechenden Gesten sind so ähnlich, dass ein Pleonasmus entsteht. Derselbe entschuldigt sich freilich dadurch, dass der Maler sich eng an den Text der Apostelgeschichte anschloss.

Crowe und Cavalcaselle vergleichen diese Bilder mit Masaccios Fresken in der Brancacci-kapelle in S. Maria del Carmine am linken Ufer des Arno: „Armut ohne das Widerwärtige und zurückhaltende Verschämtheit darzustellen, war Angelico wie kein anderer begabt, denn er schöpfte dabei rein aus der eigenen Seele. Zwar hat auch Masaccio in seinem Bilde der um Petrus versammelten Armen den Anstand des Künstlers streng bewahrt; aber was bei ihm als Tact erscheint, ist hier wahrhaftiges Bekenntniss eines Mannes, der in einziger Weise auf den Höhen himmlischer Ideale gelebt hat, wie sie nur ihm erreichbar waren. In demselben Gegensatz zu Masaccios Petruspredigt in der Karmeliterkirche zu Florenz steht der Stephanus Angelicos, wie er, zum Volke redend, seine Worte ebenfalls mit den Bewegungen der Hand begleitet, ganz ähnlich der Katharina in S. Clemente (zu Rom). Bewunderungswürdig ist der Kreis der Hörer, die im tiefsten Innern ergriffen scheinen; die Mittel sind die einfachsten, die Wirkung immer schön." Kaum irgend jemand hat diese Fresken des Fra Angelico behandelt, ohne sie mit Raffaels Stanzen und Loggien, mit Michelangelos Gerichtsbild in der Sixtinischen Kapelle zu vergleichen. Welcher aufmerksame Kunstfreund könnte sich diesem Vergleiche entziehen? Findet er doch Raffaels Meisterwerke dicht nebenan in demselben Stockwerk, unter letztern aber die prachtvollen, dem grossen Publikum unzugänglichen Appartamenti Borgia, nahe bei diesen, in derselben Flucht, die Gemälde der Sixtinischen Kapelle.

Oefters hatte ich sie gesehen. Jeder neue Besuch steigerte meine Achtung, besonders wenn ich durch Professor L. Seitz, einen ebenso gründlichen Kenner als begeisterten Bewunderer jener beiden Malerfürsten, in tieferes Verständniss eingeführt wurde. Eines Tages hatte derselbe die Güte, eine erlesene Zahl feingebildeter Kenner durch jene herrlichen Räume zu führen. Es war am Nachmittag, das Publikum hatte sich entfernt. Die geschwätzigen Fremdenführer störten nicht mehr, ebensowenig das Drängen der Engländerinnen und Amerikanerinnen, welche die Bilder mit ihrem Reisehandbuch vergleichen, ob alles zu den Angaben stimmt. Wir waren allein. Stille und Ruhe herrschte in den weiten Sälen, durch die seit fast vierhundert Jahren so viele Menschen aus allen Völkern und Ständen einhergingen. Im ganzen und grossen waren die Kunstanschauungen der kleinen Gesellschaft dieselben. So freuten sich alle, die reichen Appartamenti Borgia zu geniessen, die tiefsinnigen und schönen Werke des Urbinaten eingehend zu betrachten. Am Ende der Wanderung führte der Weg zu Fiesoles Kapelle. Nach Raffaels schönen und gedankenreichen Schöpfungen erschienen Angelicos Werke doch etwas primitiv in Zeichnung und Farbengebung. Der gewiegte Führer aber sagte: „Es liegt viel und etwas anderes in diesen einfachen Malereien." Gewiss, wer Raffael und Michelangelo nicht hoch, sehr hoch stellt, kennt und versteht ihre Werke nicht. Raffaels erste Arbeiten stehen denen des Fra Angelico nicht zu fern, übertreffen sie in manchen Dingen. Aber im „Brand des Borgo" sind doch die nackten Figuren, die Angst der dem Feuer entfliehenden Gestalten trotz ihrer hohen Vorzüge, oder gerade wegen derselben, etwas zu sehr zur Hauptsache geworden. Auch in den grossartigen Schilderungen der Geschichte — man braucht Heliodors Bestrafung und die Konstantinschlacht nicht auszunehmen — tritt uns die höhere Idee, deretwegen sie hier gemalt wurden, nicht als Hauptsache entgegen. Um sich mit dem Parnass als Bild zur Ausstattung eines im Vatican liegenden Zimmers zu befreunden, muss man ziemlich viel historische Auffassung zu Hilfe nehmen. Solche Gemälde einfachhin als Erzeugnisse einer „heidnischen" Kunst zu erklären, ist doch zweifelsohne ungereimt. Aber dass in ihnen der Quell der katholischen, der sogenannten mittelalterlichen Weltauffassung rein und ungetrübt hervortrete, wird man auch nicht behaupten können. Raffaels Galatea geht noch

Bild 40. St. Stephanus erklärt das Evangelium. — St. Stephanus vor dem Hohen Rath.
In der Kapelle Nikolaus' V. zu Rom.

weiter, seine Fabel der Psyche in der Farnesina und Michelangelos Christus in der Minerva enthalten sogar etwas wie Verläugnung christlicher Auffassung der sittlichen Tugenden. Vergleicht man Michelangelo, der weit mehr als Raffael die Kunstentwicklung beeinflusst hat, mit Fra Angelico, so tritt bei ersterem der Leib in den Vordergrund, beim andern der Geist, dort titanische Kraft, hier göttliche Liebe, dort Sinnenfälliges, hier echte Poesie, dort herrscht die natürliche, hier die übernatürliche Lebensauffassung. Mit Recht betonen darum Crowe und Cavalcaselle[1], dass die Sixtinische Kapelle und die von Fra Angelico ausgemalte Nikolauskapelle „zwei entgegengesetzte Pole der Kunst bezeichnen", dass „im Contrast zu Michelangelo und Raffael An-

---

[1] Geschichte der italienischen Malerei II, 171.

gelico recht zur Geltung kommt: neben der schrankenlosen Energie und der schönheiterfüllten Form die Weihe reiner Religiosität".

Freilich blieb dem Maler des grossartigen Gerichtes der Sixtina der Glaube, die Begeisterung für die Wahrheiten der Offenbarung und die Verehrung des Gekreuzigten; seine Malereien, seine Sculpturen, seine Bauten, noch mehr seine Gedichte beweisen es. Mit Raffael hat er trotzdem die alten Dämme durchbrochen und die Kunst des Mittelalters zu Grabe getragen. Für Fra Angelico gab es nur einen Massstab; eine Idee beherrschte ihn ganz und voll bei allen seinen Schöpfungen: der Glaube an den Werth übernatürlicher, christlicher Heiligkeit. Von da ging er aus für sein Leben und Wirken; daher stammt die Triebkraft, die in seinen Gestalten pulsirt. Dem Glauben verdankt er „die Einfalt, den holden Frieden und die Gefühlswärme", welche allgemein ansprechen [1]. Gern hat er die Formen der Renaissance verwerthet. Warum sollte er ihnen gegenüber sich spröde zeigen? Aber der Zwiespalt zwischen christlicher und heidnischer, sagen wir besser antiker Weltauffassung ist nicht in seine Bilder gekommen.

Phillimore schliesst das „Leben Angelicos" mit den Worten:

„Er hielt die Absicht vor Augen, dem Dienste des Himmels seine ihm von oben verliehenen Talente zurückzugeben; keine irdische Angelegenheit war stark genug, den unwandelbaren Frieden seiner Seele zu stören. Gefestigt in heiliger Ruhe, erhaben über die Bestrebungen und Leidenschaften eines irdischen Lebens, war er auch weniger geeignet, diese in seinen Gemälden zu schildern. Darum mangelte ihm Kraft und Stärke, war er unfähig, das Böse (in ent-

sprechender Art) wiederzugeben. Das zeigt sich in seiner Behandlung des unbussfertigen, am Kreuze sterbenden Schächers und der Verdammten in dem oft von ihm gemalten jüngsten Gericht. In dem Frieden des Paradieses fand er einen Vorwurf, der besser passte zu seinem edeln und lieblichen Pinsel. Darum bevölkert er dies glückliche Land mit Heiligen und Engeln von überirdischer Schönheit; das zierte er mit den feinsten Blumen und Farben, deren nie welkende Pracht seit mehr denn vierhundert Jahren Zeugniss ablegt für die Wahrheit ‚eines Lebens der zukünftigen Welt‘, zu dem hin die Seele dieses Künstlers mit hoffnungsvoller Ueberzeugungstreue hinstrebte während seiner irdischen Laufbahn."

Von seinem „erhabenen Standpunkte aus scheinen die Dinge der Erde gemildert in freundlichem Glanze und ohne die Härten der Körperlichkeit. In den lichten Höhen (seiner mystischen Theologie) ist alles Harmonie und Wonne geworden, und das Geräusch der Welt dringt nur wie das ferne Brausen des Meeres hinauf, das die Stille droben noch tiefer und wonnevoller macht." [1]

Noch immer lernen die Maler unseres Jahrhunderts von jenen beiden Koryphäen. Viel Gutes ist von ihnen zu nehmen! Es sind ideal angelegte Geister, geniale Beherrscher der Technik. Möchte man aufschauen zu diesem Doppelgestirn, ohne zu vergessen, dass nicht die schöne oder titanische Form, sondern der lebendige Geist die Seele des Kunstwerkes bleibt. Auch Fra Angelico hat die äussern Mittel nicht verachtet. Wenn er zur vollkommenen Beherrschung derselben nicht gelangte, braucht er, wo es sich um Werke der religiösen Malerei handelt, trotzdem vor keinem Meister zurückzutreten. Er malte

---

[1] *Woltmann* und *Woermann*, Geschichte der Malerei II, 158.

[1] *Frantz*, Fra Bartolommeo S. 24.

— man verzeihe uns den kühnen Ausdruck — die christliche Seele. Studiret Act- und Gewandmotive, studiret Kunstgeschichte und Kostümkunde, studiret die einzelnen Momente im Laufe der Rosse und im Schlage der rollenden Wellen, lernet die verwickeltsten Gruppen in einem Moment fixiren und die Ergebnisse staunenswerthen künstlerischen Könnens malerisch verwerthen: habt ihr das alles gesammelt, so entsteht trotz allen Könnens, trotz aller Kunst kein Kunstwerk, wo die Seele fehlt, aus der heraus diese einzelnen Glieder sich harmonisch und lebenskräftig zusammenfügen. Schön und treffend sagt A. W. v. Schlegel[1]: „Je weiter wir sowohl in der Kunst der Alten als der Neuern zurückgehen, desto mehr finden wir sie ausschliesslich dem Gottesdienst gewidmet und durch Religionsbegriffe bestimmt. Mit dem Fortgange der Zeiten ist die Kunst immer weltlicher geworden, und dieses pflegt eigentlich ihr Ende zu sein. In unserem Zeitalter hat man die Kunst bloss durch weltliche Antriebe und Ansichten zu heben gesucht, welches aber nimmermehr gelingen kann. Alle Wissenschaft, alle Beobachtung der wirklichen Dinge reicht nicht hin, um sich zu eigenthümlichen und wahrhaften Schöpfungen zu erheben. Der Künstler muss eine höhere Weihung empfangen. . . . Die Kunst als ein Widerschein des Göttlichen in der sichtbaren Welt ist eine Angelegenheit und ein Bedürfniss der Menschheit, an welche Himmel und Erde Hand anlegen müssen, wenn sie gedeihen soll.“

---

[1] Fiesole S. 30. Aehnlich schreibt Phillimore (Fra Angelico [London 1881] p. 25): „In his treatment of sacred subjects (and no others were ever expressed by his pencil) he exhibits the devout religious feeling which he shared with Giotto and his pupils, and which gives to the work of these early Italian artists an enduring charm. It is this special *character*, to use an artist's term, which enables them still to hold their place in art, in spite of their deficiencies in execution, nor can mere technical excellence ever make up for its absence. With Fra Angelico it was the single aim of his life, to give expression to this feeling in painting.“

Bild 41. Dom von Orvieto.

Bild 42. Inneres der Kirche S. Maria sopra Minerva zu Rom.

Achtes Kapitel.

Letzte Lebensjahre und Tod.

VOLLE zehn Jahre (1445—1455) weilte der Dominikanerkünstler in der ewigen Stadt in S. Maria sopra Minerva. Das Alter schwächte die jugendliche Kraft der Phantasie, zeitigte aber desto reifere Früchte.

Die Ausführung der Fresken nahm, wenn einmal die Cartons fertig waren, wenig Zeit in Anspruch. Die Arbeit für das Gewölbe in Orvieto dauerte vom 15. Juni bis zum 28. September und bietet einen werthvollen Massstab zur Berechnung der auf ähnliche Werke verwandten Zeit. Freilich musste der Meister in frühern Jahren, bevor er berühmt geworden war, manche Arbeiten selbst verrichten, die er jetzt seinen vier Genossen überliess. Da er ein so geregeltes Leben führte und mehr als 40 Jahre Tag um Tag weiter schaffte, kann die Menge der ihm zugeschriebenen Gemälde nicht überraschen.

In Rom entstand wahrscheinlich das Berliner Gerichtsbild. Ob er 1450 bei einer Reise nach Florenz, wie Rio meint, auch in S. Marco noch Fresken malte, ob mehrere der Tafelbilder der toscanischen Kirchen in Rom entstanden, ist kaum zu entscheiden. Ein Urtheil ist darum schwer, weil der Künstler in jüngern Jahren mehr Zeit hatte, also alles sorgfältiger durcharbeiten konnte und weniger fremde Hilfe ihm zu Gebote stand. Ein vollendeteres Werk kann darum jünger sein als ein weniger gut besorgtes; Fehler und Mängel aber beweisen nicht sicher eine frühe Entstehung, weil sie vielleicht auf Rechnung Benozzos oder eines andern Gehilfen zu setzen sind. Dazu kommen zahlreiche Uebermalungen, welche eine sichere Entscheidung verhindern.

Betrachten wir beispielsweise den kleinen Flügelaltar von Hildesheim. Der verstorbene Bischof J. Ed. Wedekin, ein grosser Freund der Kunst, erwarb denselben wegen der Elfenbeinschnitzereien, die das Innere enthält. Es sind sehr verschiedene Stücke, sechs scheinen frühe (11. Jahrhundert?) italienische Nachahmungen byzantinischer Sculpturen zu sein, die neun andern, italienische Arbeiten des 15. Jahrhunderts, sind Reste aus einem grössern Cyklus des Lebens Jesu. Als nun die schwarz angestrichene Aussenseite der Flügel und die hintere Wand etwas aufgebessert werden sollten, fand man unter der Farbe eine Verkündigung, später auch noch auf der Rückseite die Halbfigur des im Grabe stehenden, von seinen Leidenswerkzeugen umgebenen Schmerzensmannes. Professor E. Frantz[1] findet in der „fein, miniaturartig" ausgeführten Malerei den „Stilcharakter Fra Angelicos". Diese Gemälde waren, wie gesagt, mit grober Farbe überschmiert worden und wurden von derselben wieder befreit. Sie hatten jedenfalls, bevor sie so überdeckt wurden, ihre Frische verloren, überdies mussten sie nach Aufdeckung restaurirt werden. Wie schwer ist es, unter solchen Umständen weiter zu gehen und sich für oder gegen die Urheberschaft Angelicos zu entscheiden.

Auch die zwischen den hll. Dominicus und Petrus Martyr thronende Madonna der Berliner Galerie ist stark aufgemalt. Energische Retouchen haben ebenso die beiden Bildchen aus der Legende des hl. Franciscus daselbst. Ein schon lange im Besitz der Galerie befindliches, ehedem Fra Angelico zugeschriebenes Gerichtsbild aber trägt die Jahreszahl 1456. Die Annahme, es sei von ihm begonnen, von seinem Schüler Cosimo Rosselli vollendet worden, wird sich kaum halten lassen. Dies Gemälde ist darum oben bei Behandlung

der Darstellungen des Gerichtes nicht berücksichtigt worden.

In einem jener Berliner Bilder umarmt der hl. Franciscus den hl. Dominicus. Dieselbe Scene zeigt ein Bild der Galerie von Parma, doch thront auf demselben auch die Madonna zwischen sieben Engeln und stehen Paulus und Johannes zur Seite. Ein hübsches Bildchen, worin zwei Engel dem hl. Thomas von Aquin die Lenden umgürten, ist im Schlosse von Danly in England[1].

Ein Gemälde des Martyriums der hll. Cosmas und Damian hängt im Palaste Imperiali zu Rom. Die Londoner Nationalgalerie besitzt zwei Gemälde Angelicos, eine Anbetung der Könige und die früher erwähnte Predella des Hochaltares von S. Domenico zu Fiesole. Aus den Uffizien aber ist noch eine werthvolle kleine Tafel hier zu nennen, worin geschildert ist, wie Zacharias seinem Sohne den Namen Johannes beilegt.

Zwei auf Wolken kniende Engel in der Turiner Galerie sind werthvolle Reste eines grössern Bildes; ein Madonnabild daselbst aber trägt fälschlich Angelicos Namen. Ein Antwerpener Bildchen stellt nicht, wie Crowe und Cavalcaselle angeben, die Scene dar, worin der hl. Ambrosius dem Kaiser Theodosius den Eingang in die Kirche verwehrt, sondern den hl. Romuald, welcher Otto III. wegen der Ermordung des Crescentius tadelt.

In Rom malte Angelico im Vatican eine Kreuzigung, die verloren ging; für S. Maria sopra Minerva eine Verkündigung und eine Hochaltartafel. Eine der beiden letzten Arbeiten soll in jener Kirche beim Rosenkranzaltare hinter einem unbedeutenden Gemälde verborgen worden sein, weil man fürchtete, derselben beraubt zu werden.

---

[1] Geschichte der christl. Malerei II, 273, Anm. 1.

[1] *Rio* II, 376, note 1. Es ist wohl das bei *Vasari* II (ed. Milanesi), 513, annot., beschriebene Bild der Fratelli Metzger zu Florenz.

Zahlreiche Bücher melden, der fromme Mönch sei zu Rom in S. Maria sopra Minerva begraben. Aber wer hat solche Angaben immer gegenwärtig? Jüngst ist diese Kirche, der schönste gotische Bau der Tiberstadt, neu ausgemalt worden. Als ich dort die Grabdenkmäler studirte, hatte ich bei der Epistelseite des Hochaltars begonnen und ging nach Westen hin die Reihen durch, um vom Haupteingange aus an der Evangelienseite der entgegengesetzten Richtung zu folgen. Ein Sakristan hatte schon oft seine unnöthige und störende Hilfe angeboten. Er sah, dass ich Notizen machte, und dachte, jetzt sei für ihn die Zeit zur Erhebung der unvermeidlichen Mancia gekommen. Ich bedeutete ihm, dass ich seiner nicht bedürfe, und arbeitete weiter. Aber die Dunkelheit nahte, und das Ende der Reihen war nicht erreicht. Da kam er in echt italienischer Freundlichkeit mit einem Licht und beleuchtete Inschriften und Denkmäler, um seinen Zweck doch zu erreichen. Nahe beim obern Ausgang, unweit vom Altar, hatte man in der Wand einen einfachen, schmucklosen Grabstein eingemauert und die Gestalt eines mit geschlossenen Augen und gekreuzten Händen im Todesschlafe ruhenden Dominikaners auf ihm ausgemeisselt (Bild 43). Das Haupt ruhte auf einem Kissen; ein auf cannelirten ionischen Säulen stehender, fein profilirter Rundbogen umkreiste es; neben dem Bogen füllten oben zwei geflügelte Engelsköpfe die Ecken. Beim leichten Schimmer der Kerze, ohne welche in der Dunkelheit nichts mehr zu erkennen war, schrieb ich die Inschrift ab. Es war die letzte Arbeit dieses Tages:

Hic iacet vene(rabi)lis pictor Fr(ater) Io(annes) de Flo 14LV.
(-rentia), ordi(ni)s praedicatorum

Non mihi sit laudi, quod eram velut alter Apelles, M
 Sed quod lucra tuis omnia, Christe, dabam; CCCC
Altera nam terris opera extant, altera caelo. L
Urbs me Ioannem flos tulit Etruriae. V.

Nicht sei's mir zum Ruhm, dass ich war wie ein andrer Apelles,
Sondern dass ich allen Gewinn, Christe, den Deinigen gab.
Denn andere Werke gelten der Erde, andre dem Himmel.
Heimat war mir Etruriens Blume: Florenz [1].

Hätte ich den Weg nach der Minerva gemacht, um diesen einfachen Stein zu sehen, hätte mich ein „Führer" davor gestellt und ihn mir erklärt, ich wäre enttäuscht worden. Nun hatte ich all die stolzen Denkmäler des reichen Gotteshauses eingehend betrachtet, die Gräber der mediceischen Päpste Leo X. und Clemens VII., diejenigen Urbans VII. und Benedikts XIII., jene des Johann von Turrecremata, des Wilhelm Durandus und anderer grossen Männer, die Meisterwerke der Cosmaten, Minos da Fiesole, Raffaelinos del Garbo und anderer, zuletzt auch Michelangelos Christus, den letzten Ausspruch einer naturalistischen Auffassung des Heiligsten, über den ein Künstler wohl nicht mehr hinausgehen kann.

Beim Hochaltar, in dem die hl. Katharina von Siena ruht, trat mir nun unerwartet der Stein entgegen, worunter der Dominikanerkünstler sein Grab fand, welcher jener Heiligen so ähnlich war. Wer erwärmt, wer begeistert sich noch für alle jene grossen Männer, die ringsumher ihre stolzen und schönen Denkmäler haben? Es ist ja anregend, an sie in solcher Weise erinnert zu werden. Aber jene Heilige und dieser Selige leben noch heute in den Herzen. Fünf Jahre vor Angelico (Ende 1450 oder Anfangs 1451) starb zu Köln Meister Stephan Lochner [2]. Schon Förster [3] hat mit Recht darauf hingewiesen, dass Stephan zu Köln ebenso im Gegensatz stand zur Schule der

---

[1] Die Uebersetzung nach *Crowe* und *Cavalcaselle*, Geschichte der italienischen Malerei (deutsche Ausgabe) II, 172.

[2] Kölnische Künstler in alter und neuer Zeit von *Merlo*, neu bearbeitet von *Firmenich-Richartz* (Düsseldorf, Schwann, 1895) Sp. 850 f.

[3] Geschichte der italienischen Kunst III, 188.

Geschwister van Eyck, wie Giovanni zur realistischen Richtung der modernen Maler seiner Zeit in Florenz. Gleich Masaccio [1] sind die van Eyck doch eigentlich die Bahnbrecher und die ersten Vertreter der modernen Kunst. Es ist nun auffallend, dass wir auf dem Stephan zugeschriebenen Gerichtsbildern des Kölner Museums die Begegnung der Seligen mit ihrem Schutzengel fast in derselben Weise geschildert finden wie auf manchen Bildern Angelicos. Bei beiden ziehen in ihren Gerichtsbildern die Seligen zu den Thoren des himmlischen Jerusalem. Mancherlei andere Uebereinstimmung ist einfachhin auf Rechnung der durch das ganze christliche Europa giltigen Ikonographie des Mittelalters zu setzen. Die Unterschiede sind freilich gross. Meister Stephan lässt die Auserwählten erst an der Pforte des Himmels durch den hl. Petrus bekleiden. Er stellt die Contraste näher beieinander, ist naiver, drastischer als der feinfühlende, gebildetere Dominikaner. Wilhelm ist ein biederer deutscher Bürger, Giovanni ein heiligmässiger italienischer Ordenspriester. Aber alles in allem bleibt die Uebereinstimmung in

der Schilderung jener liebevollen Unterredung, Umarmung und Führung der Auserwählten durch ihre Schutzengel beachtenswerth. Auch die gleiche Drapirung der geschürzten Engel ist nicht zu übersehen. Meister Stephan stammte aus Meersburg bei Konstanz. Im Jahre 1442 erscheint er zum erstenmal in einer Kölner Urkunde. Hat er nicht, bevor er in Köln sich dauernd niederliess, von Konstanz aus eine Reise nach Italien gemacht und Fra Angelicos Werke gesehen, vielleicht ihn selbst, der ja 1418—1436 in Fiesole, 1436—1445 in Florenz malte, gesprochen? Ich wage nicht, es zu behaupten. Die Aehnlichkeit beider Darstellungen kann auch anders erklärt werden. Ein verbreitetes Erbauungsbuch, ein kunstverständiger Dominikaner, der seinen berühmten Ordensbruder kannte und dessen Tafeln schätzte, kann ein Bindeglied gewesen sein.

Wie dem auch sei, geistig stehen beide Meister sich nahe. Beide sind mit Recht als Vertreter der mystischen Richtung bezeichnet worden; beide sind jedenfalls diesseits und jenseits der Alpen die letzten und höchsten Träger der echten und ungemischten Kunst des christlichen Mittelalters.

[1] *Frantz*, Fra Bartolommeo S. 19.

Bild 43. Grabmal des Fra Angelico.
In der Kirche S. Maria sopra Minerva.

VATICANISCHE MINIATUREN.

HERAUSGEGEBEN UND ERLÄUTERT VON

STEPHAN BEISSEL S. J.

QUELLEN ZUR GESCHICHTE DER MINIATURMALEREI.

MIT XXX TAFELN IN LICHTDRUCK.

Folio. (VIII u. 60 S. Text in deutscher und französischer Sprache.) *M.* 20; geb. in Leinwand mit Rothschnitt *M.* 24.

„Das Studium der Bilderhandschriften des Mittelalters ist in verschiedener Hinsicht ein treffliches und unerlässliches Hilfsmittel für die Kenntniss der Malerei und der Kunst jener Zeit überhaupt. . . . Die gegenwärtig so lebhaft erörterte Frage über den Einfluss der byzantinischen Kunst auf die abendländische in der ersten Hälfte des Mittelalters kann auf keine Weise sicherer gelöst werden als durch die Erforschung der illustrirten Handschriften und durch die Festtstellung ihres gegenseitigen Verhältnisses. Dazu kommt, dass in den gemalten Büchern viel zahlreichere Werke der frühmittelalterlichen Malerkunst vorhanden sind als auf Wänden und Tafeln. Auch der Zustand ihrer Erhaltung ist im allgemeinen ungleich besser; die Pergamente und die Buchform schützten sie mehr vor dem zerstörenden Einflusse der Zeit und vor den Uebermalungen, die sich Restauration nannten.

Das vorliegende Buch gibt als „Quellen zur Geschichte der Miniaturmalerei' 30 Tafeln aus Bilderhandschriften der vaticanischen Bibliothek. Es sind nur Proben aus dem reichen Schatze von Miniaturbüchern, welche die Vaticana enthält. . . .

Es ist eine vielgestaltige, auf- und niedergehende Entwicklung, die das Auge des Beschauers hier durchläuft: sie führt von den illustrirten Virgilhandschriften des 4. und 5. Jahrhunderts bis zu der herrlich ausgeschmückten sogen. Bibel Pinturicchios aus dem 15. und den köstlichen Miniaturen in dem Exemplar der Göttlichen Komödie aus dem 15. und 16. Jahrhundert. . . .

Das Werk ist ein unentbehrlicher, auf der Höhe der jetzigen Forschung und Technik stehender Beitrag zur Kenntniss der mittelalterlichen Malerei. Es betrifft einen Weg zur Bekanntmachung des in den Bibliotheken ruhenden kostbaren Materials, auf welchem der Verfasser und andere berufene Kräfte weiterschreiten mögen." (Zeitschrift für katholische Theologie. Innsbruck 1895. 1. Heft.)

„Der rastlose Verfasser, der seine unerschöpfliche Arbeitskraft und seine ausgedehnten Reisen mit seltener Hingebung der ernstesten Kunstforschung dienstbar macht, beschäftigt sich schon manches Jahr mit den alten und ältesten illuminirten Codices, und von dem Umfange seiner bezüglichen Kenntnisse und der Reife seines Urtheils legen zahlreiche Publicationen rühmliches Zeugniss ab. Vorbereitet durch das Studium der meisten deutschen, holländischen, belgischen Miniaturen, ging er im vorigen Jahre nach Italien, wo ihm die Vaticanische Bibliothek zu eingehenden Untersuchungen sich öffnete. Als die erste Frucht derselben erscheint das vorliegende Werk, welches von den früheren Veröffentlichungen nicht bloss durch die Bedeutung der Gegenstände, sondern namentlich auch dadurch sich unterscheidet, dass es nicht einzelne Codices vorführt, sondern eine lange Reihe derselben in chronologischer Folge aus der altklassischen Zeit bis in die Frührenaissance. Nicht um den geschichtlichen oder didaktischen Inhalt der Codices handelt es sich, sondern um das Bedeutung der in ihnen befindlichen Miniaturen, vornehmlich der in Abbildungen angeführten, die sie hier behandelt werden." (Zeitschrift für christliche Kunst. Düsseldorf 1893. Nr. 9.)

„Auf 30 Tafeln werden 43 Phototypien geboten, von Danesi in Rom vortrefflich ausgeführt, klar und scharf bis ins Detail. . . . Wieviel wir diesen treuen Wiedergaben der zum grossen Theil bereits aus Stichen nach Zeichnungen uns bekannten Miniaturen zu verdanken haben, zeigt die Vergleichung mit Seroux d'Agincourt erschreckend deutlich: erst jetzt sind sie zu verwerthen. Nur gut erhaltene Bilder sind gegeben. . . . Der Zweck des Werkes ist der, zur Verwerthung der vaticanischen Miniaturen für die Geschichte der mittelalterlichen Malerei durch Auswahl einer chronologisch geordneten Reihe guter Reproductionen und Nachweis gleichzeitiger oder verwandter Darstellungen besonders aus der Vaticanischen Bibliothek eine geeignete Grundlage weiterer Forschung zu bereiten. Wie weit Ausführung sind dankbar anzuerkennen. . . ." (Deutsche Litteraturzeitung. Berlin 1894. Nr. 25.)

„. . . Le texte est écrit en allemand et en français; tout le monde y reconnaîtra le travail d'un homme à la hauteur de la tâche entreprise. Le R. P. Beissel est parfaitement au courant des travaux scientifiques auxquels ont donné lieu ces manuscrits célèbres sur lesquels tant de savants de toute nationalité se sont exercés. Il suffit de rappeler les travaux de Montfaucon, d'Adrien Turnèbe, de Seroux d'Agincourt, de Bartoli, Lecoy-de-la-Marche, Garrucci, Wattenbach et d'une foule d'autres savants. Venu après eux, il a profité naturellement d'études antérieures qui ont déblayé une partie du terrain, mais en examinant à son tour, il conserve, et c'est son droit, toute l'indépendance de ses jugements. Le choix des miniatures reproduites me paraît excellent. . . . La classification par époques et par écoles, rend le livre particulièrement instructif; elle est claire et rationnelle. . . ." (Revue de l'Art chrétien. Tournai 1894. p. 153.)

Beissel, St., S. J., **Die Bauführung des Mittelalters.** Studie über die Kirche des hl. Victor zu Xanten. — Bau. — Geldwerth und Arbeitslohn. — Ausstattung. Mit Abbildungen. Zweite, vermehrte und verbesserte Ausgabe. gr. 8°. (XVI u. 614 S.) *M.* 7.50.

„Der Verfasser gibt zuerst eine sorgfältige Geschichte des Baues von der hl. Helena an bis herab ins 16. Jahrhundert, behandelt hierauf die Baumittel und Baukosten, die Taglöhne und den Geldwerth bei Herstellung der Kirche und zuletzt die innere Ausstattung derselben (Geschichte der Altäre u. s. w.). Was das Werth des Buches erhöht, ist der Umstand, dass wir an dem einen Beispiele, das in seinen Einzelheiten uns vorgeführt wird, einen Einblick gewinnen in die Bauweise, in das künstlerische Schaffen am Niederrhein überhaupt. So wird das Buch höchst lehrreich für unsere Kenntniss mittelalterlichen Bauens, und über zahlreiche Einzelfragen erhalten wir hier erstmals Aufschluss, so namentlich auch über die Arbeitslöhne und den Geldwerth." (Literar. Rundschau. Freiburg 1889. Nr. 11.)

Die Verehrung der Heiligen und ihrer Reliquien in Deutschland bis zum Beginn des 13. Jahrhunderts. (47. Ergänzungsheft zu den „Stimmen aus Maria-Laach".) gr. 8°. (VIII u. 148 S.) *M.* 2.

Die Verehrung der Heiligen und ihrer Reliquien in Deutschland während der zweiten Hälfte des Mittelalters. (54. Ergänzungsheft zu den „Stimmen aus Maria-Laach".) gr. 8°. (VIII u. 144 S.) *M.* 1.90.

Beissel, St., S. J., Das heilige Haus zu Loreto. Herausgegeben vom Comité zur Restauration der deutschen Kapelle in der Lauretanischen Basilika. (Sonder-Abdruck aus den „Stimmen aus Maria-Laach".) Mit Abbildungen. Dritte Auflage. 12⁰. (36 S.) 20 *Pf.*; in Partien von 100 und mehr Exemplaren pro Hundert *M.* 15.

Detzel, H., Christliche Ikonographie. Ein Handbuch zum Verständniss der christlichen Kunst.

I. Band: Die bildlichen Darstellungen Gottes, der allerseligsten Jungfrau und Gottesmutter Maria, der guten und bösen Geister und der göttlichen Geheimnisse. A n h a n g : Die Weltschöpfung. Die Sibyllen. Die apokalyptischen Gestalten. Judas Iskariot. Mit 220 Abbildungen. gr. 8⁰. (XVI u. 584 S.) *M.* 7; in Original-Einband: Leinwand mit Lederrücken und Rothschnitt *M.* 9.50.

Der II. Band, die Darstellungen der H e i l i g e n behandelnd, wird 1896 erscheinen und das Werk zum Abschluss bringen.

„Kaum ein Zweig der christlichen Archäologie war in den letzten Jahrzehnten so sehr auf deutschem Boden vernachlässigt worden als derjenige der Ikonographie. Was die frühern Jahrzehnte in dieser Beziehung hervorgebracht hatten, war mehr oder weniger unmethodisch, unvollständig, unbedeutend, unzuverlässig, und für das Studium wie für die Praxis der christlichen Kunst war daher ein etwas umfänglicher angelegtes, zweckmässig angeordnetes, auf gesundem, wissenschaftlich erprobten Grundsätzen gebautes, verständlich geschriebenes Handbuch der Ikonographie längst ein dringendes Bedürfniss. Guten Geschmack, vielfache Kenntnisse, sehr ausgedehnte mühsame Beobachtungen, Riesenfleiss erforderte ein solches Handbuch. Endlich ist wenigstens der I. Band eines solchen erschienen, und es darf ihm das Zeugniss ausgestellt werden, dass es allen billigen Anforderungen entspricht. Die ikonographischen Zeichen und Symbole werden in der Einleitung recht instructiv erklärt. Der Ikonographie Gottes und der göttlichen Personen ist das erste, der allerseligsten Jungfrau und Gottesmutter Maria das zweite, der guten und bösen Geister das dritte, der göttlichen Geheimnisse, d. h. des Lebens, Leidens, Todes, der Verherrlichung Jesu das vierte, des Todes und der Verherrlichung Mariä das fünfte, des jüngsten Gerichtes das sechste Kapitel gewidmet, und der Anhang beschäftigt sich mit den im Titel bezeichneten Thematen. Alle Fragen werden an der Hand der Denkmäler geprüft, der alten wie der neuen, und die einzelnen Erörterungen werden durch zahlreiche, durchweg recht klare Abbildungen erläutert. ... Dass auf die kirchliche Kunstpraxis unserer Tage so viel Rücksicht genommen, ist ein unverkennbarer Vorzug; denn darauf kommt es vor allem an, dass die richtigen ikonographischen Grundsätze, aus denen die Tradition herausgewachsen ist, wieder ins Leben eingeführt, doch Künstler genöthigt werden, bei ihren Darstellungen an die bewährten Vorbilder sich anzuschliessen und daher sich genau mit den bezüglichen Regeln vertraut zu machen. Nur die Hälfte, allerdings wohl die schwierigere, seiner Aufgabe hat der Verfasser bisher gelöst. Mögen alle glücklichen Umstände sich vereinigen, um ihm die baldige Vollendung zu ermöglichen! Er darf sich dann rühmen, eine Lebensaufgabe erfüllt zu haben."

(Zeitschrift für christliche Kunst. Düsseldorf 1895. Heft 1.)

Füh, Dr. A., Grundriss der Geschichte der bildenden Künste. Mit vielen Illustrationen. Lex.-8⁰.

Bis jetzt liegen vor:

Lieferung 1—7. (VIII u. S. 1—492.) à *M.* 1.25.

I. Theil (1.—3. Lieferung): Die vorchristliche Kunst. Mit 114 Illustrationen. (VIII u. S. 1—212.) *M.* 3.75.
II. Theil (4.—7. Lieferung): Die Kunst des Mittelalters. Mit 187 Illustrationen. (S. 213—492.) *M.* 5.

Das Werk wird in 9—10 Lieferungen à *M.* 1.25 oder in 3 Theilen vollständig sein.

Die vorliegenden beiden Theile behandeln: I. Die Kunst des Orients. II. Die griechische Kunst. III. Die italische Kunst. IV. Die altchristliche Kunst. V. Die Kunst des Islam. VI. Die romanische Kunst. VII. Die Gotik.

Der III. Theil wird die Kunst der Renaissance behandeln und das Werk zum Abschluss bringen.

„Mit diesen beiden Werken (dem ‚Grundriss' und ‚Frantz, Geschichte der christlichen Malerei') wird eine neue, hochwichtige Etappe unserer katholischen Literatur erschlossen: bezeichnen sie doch nichts Geringeres als die ersten weiter angelegten Versuche, die mitherige Alleinherrschaft des Akatholicismus auf dem ausgedehnten Gebiete der Kunstgeschichte zu brechen. Und es sind vielversprechende Versuche ... Ihr blosses Dasein ist ein Gewinn. Die Sache aller, die ein Interesse für Kunst haben, vornehmlich aber der besser situirten Kreise, ist es nun, diesen Gewinn für sich wie für die Mitlebenden möglichst nutzbar und dauernd zu gestalten. Das würde dann zugleich nicht nur eine Förderung der benannten Unternehmungen selber, sondern der kunstgeschichtlichen Forschungen und Studien überhaupt."

(Alte und Neue Welt. Einsiedeln 1887. 8. Heft.)

... Nach Prüfung des Textes bezeugen wir gern, dass das Werk sich auf der Höhe der neuern Forschung erhält und als eine überaus klar und anschaulich geschriebene Einführung in die Kunstgeschichte warm empfohlen werden darf.
(Blätter für literar. Unterhaltung. Leipzig 1890. Nr. 32.)

Das Madonnen-Ideal in den älteren deutschen Schulen. Mit 15 in den Text gedruckten Holzschnitten. gr. 8⁰. (VI u. 86 S.) *M.* 2.

(Aus dem Verlag von E. A. Seemann in Leipzig in die unsrigen übergegangen.)

Frantz, Dr. E., Geschichte der christlichen Malerei. Mit Bildern auf 109 einfachen und 7 Doppel-Tafeln. Drei Bände (zwei Bände Text und ein Band Bilder). gr. 8⁰. *M.* 30; geb. in Leinwand mit Lederrücken und Rothschnitt *M.* 38; geb., die Bildertafeln im Text vertheilt, drei Bände *M.* 39.—; Einbanddecken apart à *M.* 1.40.

Die einzelnen Theile enthalten:

Erster Theil: Von den Anfängen bis zum Schluss der romanischen Epoche. gr. 8⁰. (XII u. 576 S.) *M.* 8.50; geb. *M.* 11.
Bilder zum ersten Theil. gr. 8⁰. (IV u. 44 Tafeln.) *M.* 3.
Zweiter Theil: Von Giotto bis zur Höhe des neueren Stils. gr. 8⁰. (X u. 950 S.) *M.* 13.50; geb. *M.* 16.50.
Bilder zum zweiten Theil. gr. 8⁰. (VI, 65 einfache u. 7 Doppel-Tafeln.) *M.* 5.
Die Bilder (auf starkem, feinem Papier gedruckt) für sich vollständig in einem Band *M.* 8; geb. *M.* 10.50.

Erleichterte Anschaffungsweise bietet die eben begonnene **Neue Ausgabe in zehn Lieferungen à M.** 3. wovon die erste Lieferung in jeder Buchhandlung zur Ansicht erhältlich ist. — Die Bildertafeln sind bei dieser Ausgabe im Text vertheilt.

.... von Frantz gewählte Titel ‚Geschichte der christlichen Malerei' besagt mehr, als man auf den ersten Blick glauben möchte. Er kündet an, dass der Verfasser zeigen will, wie das Christenthum sich die Malerei annahm, sie wahrte, entwickelte und zu himmlischen Höhen emporführte. Der christliche Standpunkt ist der letzte Grund der strengen ästhetischen Anschauungen des Verfassers. Die schönen